ハーレクイン文庫

# 記憶の中のきみへ

アニー・ウエスト

柿原日出子 訳



HARLEQUIN
BUNKO

FORGOTTEN MISTRESS, SECRET LOVE-CHILD

by Annie West



Published by Harlequin Japan, a Division of K.K. HarperCollins Japan, 2024

# 記憶の中のきみへ

## ◆主要登場人物

カリス・ウェルズ……………ホテルの受付係。
レオ…………………………カリスの息子。
アレッサンドロ・マッターニ……伯爵。
リヴィア……………………アレッサンドロの義理の母親。

# 1

アレッサンドロは宣伝用の資料に目もくれず、処理済み専用の書類入れにほうり投げた。新しい個人秘書は彼が何に目を通さなければならないか、何を省かないといけないか、まだわかっていない。見本市に関しては部長クラスの人間が動けばすむことだ。とてもではないが、最高経営責任者《CEO》が……。

なんと！《オッディーオ・ミーオ》

パンフレットがほかの書類に半ば隠れるようにして斜めに落ちたとき、一枚の写真が目に入り、アレッサンドロは女性の笑みに目を凝らした。

大きめでセクシーで、誘いかけるような口に、ひと目見たら忘れられない口もとの小さなほくろ。

アレッサンドロの脈が速くなり、耳の中で血が音をたてて流れだす。

この笑み。

この唇。

思い出しそうで思い出せない。

空調のきいた広いオフィスにいるのに、全身がかっと熱くなる。何か強い感情のせいかもしれない。緊張を解いて記憶をよみがえらせるんだ、とアレッサンドロは自分に言い聞かせた。

すると、二年前に生じた数カ月間の記憶の空白がそよ風に吹かれるレースのカーテンのように揺れた。

机の端をつかむアレッサンドロの両手に力がこもり、関節が白くなった。だが、顔に表れたのは苦痛ではなく、怒りと、なじみ深いむなしさだった。

あのむなしさにどれほど無力感を覚え、いかに傷つきやすくなったか。失われた数カ月は変わりばえのしない日常だったと言われたが、そんなことは問題ではない。

すぐに書類の間からパンフレットを引き抜いた。高級ホテルの広告だった。裏返して確かめると、メルボルンにあるホテルだ。

記憶になかった。メルボルンに行ったこともない。

こみあげるいらだちを、アレッサンドロは大きく息を吸って抑えた。感情的になってもなんの益もない。ときおり何か大事なものを失ったような感覚に襲われ、いらだつことがあった。

パンフレットを再び返して表紙を見ると、受付の女性はチェックインしている上品なカップルにほほ笑みかけている。写真はプロの手によるものだが、女性の笑みには魅力的な何かがあった。

いかにも贅沢《ぜいたく》なホテルのようだが、贅沢の中で育ったアレッサンドロの注意を引くほどのものではない。けれども女性は彼の関心をそそった。

見れば見るほど懐かしさを覚え、血液の流れが速くなる。

彼女はこんなふうにぼくに向かってほほ笑んだのだろうか？　確かにそんな気がする。

注意深く彼女の顔の特徴を挙げていく。特に目立たないが、感じのいい顔に、きちんとひっつめにした髪。少し小さいが形のいい鼻。髪は濃い褐色だが、目の色は意外なほど薄い。そして大きい口。

決して美人ではないし、人目を引くこともない。それでも彼女には何かがある。写真家がパンフレットに利用しようと思う独特の魅力だ。

アレッサンドロは緩やかな曲線を描く彼女の顎をなぞり、官能的な唇で指を止めた。

彼の唇をためらいがちにかすする柔らかい唇の感触。彼の顎をなぞり、動悸《どうき》を打つ胸を愛《あい》撫《ぶ》する繊細な指。愛し合ったあとの女性らしいため息。

激しい運動をしたあとのようにアレッサンドロの胸が上下する。体が興奮し、うなじと額が汗でちくちくする。ありえない！

だが、無視できないことだと本能が叫ぶ。

彼女を知っている。この胸に抱き、愛し合ったことがある。所有欲の高まりにアレッサンドロの鼻孔が広がる。

彼は地球の反対側にいる見知らぬ女性の写真をじっと見つめた。ぼくはメルボルンに行ったことはないから、彼女がロンバルディアに来たことがあるのだろうか？

記憶が失われた数カ月間のことを思うと、欲求不満に爆発しそうになる。

写真を見つめている間、アレッサンドロは無意識のうちに親指で頬をなぞっていた。

この女性が彼の閉ざされた記憶を開ける鍵《かぎ》を持っているという思いが強くなってきた。

アレッサンドロは電話に手を伸ばした。

「ありがとう、サラ、あなたは救いの神よ」カリスの胸に安堵《あんど》が広がった。今日は何もかもうまくいかなかった。ただし、このいちばん大事なことだけは解決できた。

「心配無用よ」ベビー・シッターを引き受けてくれている隣人が答えた。「レオはお泊まりしても大丈夫だから」

サラの言うとおりだとわかっていたが、それでも胸が痛んだ。フンドフォード・ホテルの仕事に就いたとき、息子の世話ができる時間には帰ることができると思っていた。

仕事が忙しすぎて息子と過ごす時間がないことをレオには当然だと思わせたくなかった。子どものころのカリスがそうだった。

胸の下の苦痛が強まり、息ができないほどだ。いまでも思い出すたびに全身を貫く悲しみと熱望を抑えることができない。

強くならなければ。かつては夢を追いかけたけれど、いまはもう夢を信じるほど愚かではない。

「カリス、どうかしたの？」

「なんでもない」カリスは慌てて笑みを浮かべた。「恩に着るわ」

「そうよ。次の週末はわたしたちの子どもを見てもらうんですからね。アシュリーを預かってもらえたら、夜の町に出かける予定だから」

「了解」カリスは腕時計に目をやった。次の危機に見舞われる前に戻らないといけない。「レオにわたしからのおやすみのキスをしてあげて」今夜、息子に夕食を食べさせることも、ふっくらとした頬におやすみのキスをすることもできないからといって、喉がつまりそうになるなんてばかげている。

息子は確かな人に預かってもらっている。それに、普段は決まった時間に息子と過ごすことができる。わたしは幸運だ、とカリスは自分に言い聞かせた。

今日は例外だった。インフルエンザが最悪の時期にランドフォードのスタッフを襲った。大きい催しが次々とあるときに、三分の一以上が病気で休んでいる。

カリスはすでに丸一日仕事をしたが、帰れるような状況ではない。催し物の責任者のデーヴィッドが急に高熱を出して倒れたので、彼の役割まで引き受けなければならなかった。

胸がどきどきした。自分の能力を示すと同時に、充分な資格がないのに採用してくれたデーヴィッドの信頼に応《こた》える機会でもあった。彼は友人で、よき上司だった。メルボルンに来て以来、ようやく自信を持てるようになったのも彼のおかげだ。

「何時に帰れるかわからないの。おそらく朝方になると思う」早朝は公共の交通機関を利用できないし、タクシーは高くて使えない。「朝食のころでも大丈夫かしら?」

「いいわよ、カリス。心配しないで」

カリスはゆっくりと受話器を置き、丸くなった背中を伸ばした。ずいぶん長い時間パソコンを使い、電話をかけていたので、体じゅうが痛い。

目の前のモニターに目をやると、スプレッドシートの線が揺れている。カリスは鼻梁《びりょう》をつまんだ。文書作業は忍耐と決意を試される。

ため息をつき、淡い色の読書用の眼鏡を取って、身を乗りだした。

これを終わらせないといけない。そのあとで、今夜の仮面舞踏会の最終チェックをしよう。

カリスは舞踏場の隅に立ち、給仕頭から最新情報を聞いていた。インフルエンザにかかったスタッフの多い厨房《ちゅうぼう》も大混乱だった。代わりの給仕人が二人だけ到着していた。シェフはなんとか対応できている。

幸い、客は誰も異変に気づいていない。ランドフォード・ホテルはすぐれたサービスを誇っている。評判に応えようとスタッフは全力を尽くしていた。

黒と金色に統一された舞踏場は格調が高く、優雅だった。アンティークのシャンデリアに照らされ、上流階級の人たちが身につけた宝石がきらきら輝いている。

あたりには高価な香水と温室の花とお金のにおいが漂っていた。有名人、デザイナー、バイヤー、オーストラリア社交界の花形だけでなく、国際的な野心家も大勢集まっている。

そしてすべての責任をわたしが負う。

脈が音をたてて打っている。カリスは給仕頭の言葉に集中しようとした。今夜の催しを成功させたかったら、集中しないといけない。あまりにも多くのことが彼女の肩にかかっている。

「わかったわ。レストランから手伝ってくれる人に来てもらえないかきいてみる」カリスはうなずき、給仕頭を去らせてから、壁の内線電話のほうを向いた。そしてレストランに電話をかけようとしたとき、背筋がぞくっとした。

続いて背骨の下のあたりがむずむずしはじめ、やがてドライアイスを押しつけられたように背中が熱くなった。もちろん素肌をさらしてはいない。制服のジャケットにストレートのスカート、黒いストッキング、ハイヒールを履いている。

なのに、服を通して肌が焼けるようだ。

カリスはこわばった手で受話器を置いた。振り返り、華やかな人たちが集うほうを向く。給仕が凝ったカナッペと上等のシャンパンを持ってまわっている。あちこちで談笑するグループができ、しばらくすると散らばっていく。

大方の参加者は手作りのみごとな仮面をつけ、情報交換をしたり、すばらしい装いを見せびらかしたりするのに忙しそうだ。一流の仲間に属さない人間には注意を払おうともしない。

カリスにとっては都合がいい。おとぎ話のような舞踏会にあこがれてはいない。理想の王子さまを見つける夢をあきらめてからはそうしてきた。

それでも、頬が熱くなった。誰かに見られているような気がし、息がつまって、脈が速くなる。

心臓が飛びだしそうになりながら、知人がいないだろうかとあたりを見まわした。以前のように、肌をうずかせ、鼓動を速くさせる誰かを。

一瞬、カリスは目を閉じた。ばかげている！　疲労と緊張のせいで神経が過敏になっているんだわ。

わたしと彼の過去は二度と交差することはない。彼はそうはっきりと言った。苦痛に胸を突かれ、カリスは唇をゆがめた。

だめ！　気まぐれな想像のせいで気を散らしてはいけない。わたしは頼りにされている。するべき仕事がある。

アレッサンドロは込み合った舞踏場の向かい側から彼女を見ていた。

椅子の背を握る関節が白くなった。心臓が激しく打ち、耳のあたりに血が集まる。彼女だとわかったショックは大きく、思わず目を閉じた。

目を開けたとき、彼女は壁の電話に向き直ったが、ぎこちない動きだった。

彼女だ。単にパンフレットの女性というだけではなく、彼が覚えている女性だった。正しくは、だいたい覚えている、と言ったほうがいい。

残像がアレッサンドロを悩ませた。彼から去っていく彼女。背中をこわばらせ、これ以上速く歩くことができないとでもいうように硬い足音をたてていく彼女。その場に釘《くぎ》づけになっている間、彼女の足音に合わせるように心臓が強く打っていた。彼女はスーツケースを運び、前方を歩いていたタクシーの運転手がもうひとつのかばんを車に積みこんだ。

ようやく彼女は足を止めた。アレッサンドロの心臓が止まり、喉まで上がる。だが彼女は振り向かない。彼女が乗りこむと、タクシーは勢いよく走りだし、コモ湖の彼の家から遠ざかっていった。

彼はさまざまな感情にとらわれたまま立っていた。怒り、安堵、失望、驚き。

そして苦痛！　彼の中にある大きな空洞を、その苦痛が満たした。

アレッサンドロはこれまでの人生で一度だけ同じくらい強い感情を抱いたことがあった。五歳のとき、母親が愛人と贅沢な生活をするために彼を置いて去っていったときだ。

彼は遅まきながら舞踏場にいることに気づき、首を振って思い出を追い払った。

それでもまだ強烈な感情に心が乱れている。

こんな感情を起こさせる彼女は何者なんだ？

怒りにいらだちがまじる。単なる偶然でここまで来た。もう少しで知る機会を逃すところだった。

彼はゆっくりと指を動かし、椅子の背を離した。手のひらに彫刻のあとがついているのがわかる。

待つのは終わりだ。

今夜、答えを手に入れよう。


そっと靴を脱ぎ、カリスは爪先を動かした。もうすぐ舞踏会は終わる。終わったら、片づけと翌日のファッションショーの準備を確認しよう。

カリスはあくびを嚙《か》み殺した。節々が痛い。いまベッドに倒れこむことができたらどんなに幸せか。

彼女はダンスフロアの縁をまわった。点検だけして……。

不意に大きな力強い手に両手をつかまれ、引き寄せられた。カリスはすばやく穏やかな表情を作り、非常識な客に対処しようとした。酔っ払いでないことを祈った。職業上の笑みを顔に張りつけ、手を引きながら向き直る。

目の前の男性を見あげたとたん、カリスの顔から入念に作った笑みがさっと消え、つかの間、心臓が止まった。

大方の客は仮面を取っていたが、彼はまだつけている。黒い髪は短く刈られ、頭の美しい形を強調していた。目には黒い炎が光っているのがわかる。力強い顎の上の口は固く結ばれていた。

カリスは目を大きく見開き、顎をじっと見つめた。まさか……。

男性が動くと、なじみのないコロンのかすかな香りがして、カリスは気持ちが沈んだ。

もちろん彼ではない！

仮面の端から額へと傷跡が見える。カリスが知っていた男性はすばらしくハンサムで、若々しい神を思わせた。傷跡などなく、日に焼けた肌は黄金色に輝いていた。この男性のように青白くはない。

それでも……。

それでも、一瞬、カリスは愚かにも彼だと思った。自分を守らなければと自覚しているのに、彼であればどんなにいいだろう、と思った。

失望のあまり心の中で悲鳴をあげながらも、背筋をまっすぐに伸ばし、落ち着こうと努めた。

男性は背が高かった。ハイヒールを履いているカリスよりかなり高い。確かに背丈は同じくらい……。だめよ、そんなことを考えては！　あんなみじめな目に遭うのは二度とごめんだ。

「何かご用でしょうか？」カリスのかすれた声は冷ややかな質問というより、親しげな誘いかけのようだった。

カリスは心の中でののしった。忘れるべき人を思い出しただけで平静さを失っている。

「どなたかと間違われたようですね」いらだちが表に出ないよう気をつけたが、つい早口になる。カリスは手を引いたが、彼はしっかりとつかんだまま彼女を引き寄せた。カリスはよろめき、彼の握力の強さに驚いた。

カリスは顔を上げ、男性の目をのぞきこんだ。食事か音楽について苦情があるか、あるいは何か手助けをしてほしいのだろうと思った。

男性が黙っているので、二人きりでいるような錯覚を覚え、カリスは困惑して顔をこわばらせた。

周囲の話し声が低くなる中、音楽が渦巻き、女性の笑い声が響く。それでも、みごとな仕立てのディナー・ジャケットに身を包み、みごとな形の顎をした男性は何も言わなかった。ただ手を握っているだけだった。

肌が熱くなり、気をつけなさいとカリスの本能が叫ぶ。

そのとき、彼の手が動いて、親指と人差し指の間の敏感な場所を撫《な》でた。

カリスは息をのんだ。全身に震えが走る。「放していただけませんか」彼女は顎を上げ、彼の目を見ようとした。

男性はうなずいた。カリスは気づかないうちに止めていた息を吐いた。ほら、彼は何か用事を伝えたかっただけなのだ。

口を開きかけたとき、カリスは誰かとぶつかり、足もとがぐらついた。

くぐもった謝罪の声が聞こえたが、カリスはほとんど注意を払わなかった。すると、大きな手に腕をつかまれた。彼女の目の前にはすばらしい仕立てのジャケットに、わずかなくぼみのある男らしい顎、どんな女性も引きつけずにはおかない肩があった。

肩はまるで……。

カリスは唇を噛んだ。やめなさい。

知らない男性だ。女性があこがれる肩と、胸が痛くなるほどよく似た顎をしているだけよ。認印つきの指輪は見たことがない。それに身長は同じくらいだけれど、カリスの知っている男性より細身だ。

またカップルがおしゃべりをしながらカリスを押した。気がつくと、熱くて固い彼の体にぴたりと体を寄せていた。めまいがしそうだ。

高価そうなコロンの下の、温かい肌のにおいに思わず息を吸った。カリスの夢の中に出てくる幻影に似ていた。彼の沈黙のせいでますます現実味がなくなっていく。

そのとき彼が手を滑らせ、ヒップの上で止めて、指を広げた。カリスの腹部が熱くなった。これまで感じたことのない感覚だった。体が彼の魅力に反応し、柔らかくなり、震えている。

「もう行かないと」カリスは磁石のような彼の胸から頭を引きはがした。「すみません」

この人から離れないといけない。

カリスは必死になって後ろに下がった。すると彼が手を離したので、カリスはよろめいた。

カリスは震える足で、一歩また一歩と下がった。

黒い仮面をつけた男性はカリスを見つめていた。目からは何も読み取れなかったが、体はいまにも飛びかからんばかりだった。

狼狽《ろうばい》のあまり、カリスは喉がつまった。口を開いたものの、声が出てこない。彼女はくるりと向きを変え、人々をかき分けて進んでいった。

カリスは疲れたようなしぐさで髪を耳の後ろにかけた。最後の客が帰り、がらんとした広い舞踏場ではスタッフが片づけたり調度を動かしたりしている。

館内電話が鳴った。もう問題が起きませんようにと、カリスは指を交差して祈ったあと、舞踏場を走った。

あの男性に会ったことで、まだ気持ちが動揺していた。よく知っているようで、知っているはずのない人。

「もしもし」

「カリス？　よかった」今日、夜勤についた新しい男性だった。「緊急の電話です。つなぎます」

〝緊急〟という言葉に、カリスは疲れがいっぺんに吹き飛んだ。恐怖で胸がいっぱいになる。レオに何かあったの？　病気、それとも事故？

カリスはジャケットのボタンをぎゅっと握った。悪い知らせを待つ間、神経が張りつめる。

今夜にかぎって悪いことが次々と起こる。なんとか早く家に帰る方法を見つけなくては。

ほどなく電話のつながる音が大きく響いたものの、しばし沈黙が続いた。

「サラ？　どうしたの？　何があったの？」

間が空き、自分の呼吸の音が返ってくる。次の瞬間、黒いベルベットを思わせる声がカリスの耳を打った。

「カリス」

名を呼ばれただけで、カリスの全身の毛が逆立った。夢の中に出てきた声だ。あれだけのことがあったのに、いまでもカリスの血を温かい糖蜜《とうみつ》に変える力を持っている声。

膝から力が抜け、カリスは壁に寄せられたテーブルの端によろよろと腰を下ろした。

そんなはずはない！

口を開いたが、声が出てこない。

「会う必要がある」過去からよみがえった声が言った。「いますぐ」

# 2

「どちらさまでしょう?」カリスの声がかすれた。

ありえない。

彼には二度と会いたくないとようやく思えるようになったというのに。あまりにも運命は残酷だ。

だが、厄介なことに興奮が全身を駆け抜ける。彼から連絡があり、自分が間違っていたと謝ってほしいと思ったこともあった。けれど、もうそんな夢物語を信じるほど愚かではない。

彼は何が望みなのだろう? 首に当てた手に力がこもる。カリスは危険な予感におののいた。

「わかっているだろう、カリス」セクシーなイタリアなまりで名前を呼ばれると、愛撫《あいぶ》されたように体がとろけそうになる。

彼にはいつも自制心を脅かされる。あの低い声で誘惑され、彼と一緒にいるためにすべてをあきらめてしまった。

なんてばかだったのかしら。

カリスは体をまっすぐに起こし、自分をしかった。

「お名前をおっしゃってください」カリスはそっけなく言った。

彼のはずがない。オーストラリアまで追ってきたりはしない。しかし今夜、舞踏場で会った仮面の男性の記憶に気持ちが揺れる。カリスは首を大きく左右に振った。

頭でもおかしくなったの？　彼がお金持ちで上品で貴族的な友人たちに囲まれた世界にいることはよくわかっているのに、彼に会い、彼の声を聞いていると思うなんて。

「知らないふりなどするな、カリス」彼はカリスの言葉を待つように間を置いた。「アレッサンドロ・マッターニだ」

カリスの動悸《どうき》が激しくなった。座っていなければ、床にくずおれてしまうところだ。

「アレッサンドロ……」

「マッターニだ。聞き覚えがあるだろう」

聞き覚えがあるですって！　共有したいと思ったことさえある名前なのに。

ヒステリックな笑い声がもれそうになり、カリスは慌てて手を口に当て、大きく息を吸いこもうとした。いまのわたしには酸素が必要だ。

部屋がまわり、黒い斑点《はんてん》が渦巻く。感覚のなくなった手から受話器がテーブルに滑り落ちた。

アレッサンドロ・マッターニ。

わたしが愛した人。

わたしに胸の張り裂けるような思いをさせた人。

ふと物音がして、カリスは自分がどこにいるか気づいた。最後のスタッフが帰りながら手を振っている。

カリスもようやく手を上げた。

ぼんやりとあたりを見まわす。異国風の蘭《らん》やさまざまな青葉が巨大な鉢に効果的に生けられている。照明は薄暗く、ほかには誰もいない。

しかし電話の向こうには彼がいる。

カリスはおずおずと受話器に手を伸ばした。耳に当てると、たちまち怒声が響いた。

「カリス?」

「聞いているわ」

いらだたしげに息を吸う音が聞こえる。

「遊びは終わりだ。会いたい」

すばらしい。アレッサンドロ・マッターニが何を望んでいるか心配する必要はなくなった。

それに二度と彼に近づくほどばかではない。彼はほほ笑むだけでわたしから欲しいものを手に入れた男性だ。彼と一緒にいたくて、わたしは仕事もすべての計画も自尊心さえも放棄してしまった。

「無理だわ」

「無理ではない」嚙《か》みつくような声が返ってきた。「十二階にいる」

十二階？　カリスの心臓の鼓動が速くなった。ここにいるの？　ランドフォード・ホテルに？

カリスはダンスフロアの端に視線を向けた。「あなただったのね、舞踏会にいたのは？」

カリスはショックと闘った。自尊心を失うつもりはない。

アレッサンドロは答えなかった。

彼女の腹部が熱を持ち、全身に広がっていく。彼だったのだ。わたしは彼に抱かれたのだ。

そしてその後も、何度彼に抱かれたいと思ったことか。過去を忘れるのよ、と自分に言い聞かせてはいたけれど。

カリスは恐怖に息ができなくなった。彼はけがをしたんだわ。ひどいけがだったのだろうか？　思わず質問しそうになる。

カリスは残っていた自制心をかき集め、いちばん大事なことをきいた。「いったいどういうご用かしら?」弱々しい声だった。

「もう言った。会いたい」

カリスは信じられない思いだった。なんという変わりようだろう。彼女はようやく自尊心を取り戻すことができた。

「もう遅いわ。長い一日だったし、家に帰るところなの。お話しすることはありませんので」カリスは慎重に脚を床に下ろした。

「本当に?」彼の口調は柔らかく、上等の羽毛ぶとんのようにカリスの感覚をかすった。

カリスはまっすぐに立った。

「特別室にいる」彼が言った。「十分以内に来てくれ」

「あなたに命令する権利はないわ」

「ぼくに会いたくないのか?」信じられないという口調でアレッサンドロは尋ねた。

この人は女性から拒否されたことがないのだろうか? カリスは腹立たしげに思った。確かにわたしが拒否したことはない。彼に夢中になった瞬間から彼の言いなりだった。

「過去は過去よ」最後の瞬間に彼の名前を言うのをやめた。口にしたくなかった。あまりにも親密で、あまりにも多くのことを思い出すから。

「そうだな。だが、それでもきみに会いたい」膝をついて許しを請うつもりはない、と彼の口調は言っていた。

カリスは額をこすった。世界各地をジェット機で飛びまわり、商取引で絶大な影響力を持つ精力的なイタリア人、アレッサンドロが女性の前で膝をつくなど、考えるだけでばかげている。

「十分以内だ」アレッサンドロは繰り返した。

「行かなかったら？」

少し間をおいて彼は答えた。「きみが選べばいい、ミズ・ウェルズ」

耳ざわりのいい丁重な物言いは怒声よりもずっと恐ろしい。

「個人的なことで話し合いたい。ぼくのスイートルームで二人だけで話をするのがいいと思った。もちろん、明日、きみの勤務時間中でもかまわない」彼は言った。「きみは同僚とオフィスを共有しているね？　たぶんぼくたちが話をしても迷惑にはならないだろうが」

カリスは唇を噛んだ。

「きみの上司もきみが私用で時間を使っても気にしないだろう」彼はいかにも楽しげに言った。「きみは見習い期間の延長でここにいるそうだな」

カリスは驚いて口を開けた。彼はわたしのことを調査したのだ！

不適切だというかつての感覚がよみがえった。資格がないという感覚。そして何よりも太刀打ちできない力に圧倒され、追いつめられているという感覚。

敗北の味がする。

あるいは恐怖だろうか？　わたしからレオを取りあげに来たという恐怖。

「十分後に」カリスは言った。

アレッサンドロは床まである窓の前に立ち、ヤラ川の向こうに広がるメルボルンの夜景を見ていた。

だが、景色は目に入っていなかった。頭の中には邪気のない青灰色の大きい目が浮かんでいた。

舞踏場の隅から彼女を目にした瞬間にわかった。

この女性はぼくのものだ、と。

コンシェルジュがいれてくれたエスプレッソを一気に飲む。

一瞬よみがえった記憶によると、二人は友好的に別れたのではない。彼女のほうから去っていった。そんなことをした愛人はほかにはいない。

それでも二人の間にはまだ何かある。だから事故のあと、たえず不満に悩まされているのだ。

どうして別れたのだろう？

事故に遭う前の数カ月のぽっかりと口を開けたむなしさはなんだったのか、突きとめるつもりだ。

彼女を抱いた瞬間から、二人の関係は終わっていないという感覚に圧倒された。彼女を待っているいまもかすかな意識のざわめきを感じる。

ぼくはけがから回復し、経営の悪化した一族の事業を好転させた。いままでのところ誰にも心を乱されたことはない。継母にも、彼の注意を引こうとした女性たちにも、友人にも。

社交界で顔は広いが、父と同じく、ぼくはひとりでいるのが好きだった。最初の妻が裏切って出ていったあと、父は仕事に専念した。

その結果、ぼくは早くから子どもらしい悲しみや困惑を隠すことを学んだ。何年もの間、強い感情を抑え、個人的な弱さを遠ざけるこつを覚えた。

今夜までは。

カリス・ウェルズと向き合ったとき、何かを感じた。不満、欲望、喪失感のまじったものを。

アレッサンドロは眉をひそめた。いままで感情に時間を割くことはなかった。

欲望はある。肉体的な欲望は知っている。簡単に満たすこともできる。だが、いま彼の腹部を悩ませているのはもっと複雑なものだった。

ドアがノックされた。不快な思いを中断されてほっとしながら、アレッサンドロはカップを下ろした。コンシェルジュが玄関の間を横切っていく。

自分が緊張していることに気づき、アレッサンドロは驚いた。神経質になるなど、いつ以来だろう？　アレッサンドロはいぶかった。彼の傷を目にした専門医たちが首を振りながら、合併症や長い予後について話している間も、アレッサンドロが感じていたのは早く退院したいといういらだちだった。父の死後まもないときだったので、彼の不在がもたらす影響が心配だった。

父の失敗やアレッサンドロの不在につけ入ろうと、商売敵たちが目を光らせていた。

「ミズ・ウェルズがいらっしゃいました」コンシェルジュが居間に彼女を案内してきた。

カリスはいまにも逃げだしそうな様子でドアのそばに立っていた。彼女と関係があるという思いにとらわれ、再びアレッサンドロはショックを受けた。

彼女は手で髪を撫《な》でたものの、彼の視線を感じてすぐに手を下ろした。

メルボルンの最高級ホテルのスイートルームにいるカリス・ウェルズは場違いに見えた。客にメッセージやルームサービスを運んでくるという個人的なサービスをするためなら別だが。

アレッサンドロはカリスから受けたい個人的なサービスに思いを巡らせた。

もっと美しい女性を知っていることなどどうでもよかった。

カリスの何かが彼女の存在感を際立たせていた。

彼女の女らしい体形を見たら、ダイエットに励んでいる知り合いの女性たちはぞっとするだろう。黒い髪を後ろにひっつめにしている簡素なヘアスタイル。控えめな化粧。紺色のスーツは趣味のいいものだが、彼が知っている女性たちは絶対に着ないはずだ。

それでも舞踏場で見たカリスの顔に浮かんだ感情は、彼女にはもっと不思議な魅力があることをにおわせた。それにあの脚……形のいいふくらはぎ、細い足首、黒いストッキングが、長いあいだ休止状態だった彼の欲望を呼び覚ました。

アレッサンドロは両手を曲げた。彼女の脚を付け根のほうまで探ってみたかった。

彼は地球の反対側まで彼をおびき寄せた女性から視線を引きはがした。

「ありがとう《グラッツィエ》、ロブソン。今夜はもういい」

コンシェルジュはうなずいた。「サイドボードの上に飲み物を用意しています」案内してきた女性が仕事仲間だということを知っている様子などみじんも見せず、彼はスタッフ用の出入口のほうへと去っていった。

「さあ」アレッサンドロは近くの長椅子を示した。「座ってくれ」

一瞬、アレッサンドロはカリスが拒否するのではないかと思った。やがて彼女はアンティークの絨毯《じゅうたん》を横切って袖《そで》つきのアームチェアへと歩いた。照明が顔を照らすと、固く結んだ口の周囲がこわばっているのがわかった。疲れているようだ。

アレッサンドロは腕時計をちらりと見た。ずいぶん遅い時間だ。

良心がうずいた。明日にすればよかった。だが、とげとげしい欲求不満を無視することはできない。彼女から答えを得るまで眠れそうになかった。

すでに一度失敗している。舞踏場で彼女と向き合ったとき、落ち着きをなくし、話すこともできなかった。彼女をつかんで行かせないということしか頭になかった。

あれほど途方に暮れたことはない。仕事でもないし、もちろん女性に対してもなかった。幸い、いまはいつもの自分に戻っている。二度と弱くなったりはしない。

アレッサンドロは自分の決意に対する一瞬の疑念を押しのけ、サイドボードへと歩いた。

「紅茶かコーヒーは？　それともワインかな？」

「何もいりません」カリスは背筋を伸ばし、挑戦するように顎を上げた。頬に赤みが差し、目は光っている。

アレッサンドロは足を止め、生気のなかったカリスがたちまち魅力的に変身するさまに見とれた。それから向きを変え、ブランデーを少しついで、彼女の向かい側に腰を下ろした。

その間、カリスは彼をじっと見ていた。

彼女は何を目にしただろう？　以前との違いを見つけているのだろうか？　彼女が何を考え、何を感じているかを知りたいと思っていることにアレッサンドロは驚いた。

「傷跡には気づいただろう？」

カリスの頬の色がさらに濃くなったが、目をそらしたりしなかった。答えも返ってこない。

アレッサンドロは顔の傷を心配するほど見えっぱりではない。それに女性は彼の外見だけでなく富と地位に引かれるのだ。女性が気まぐれなことはわかっている。富と名声を差しだす男性が現れたら、結婚の誓いも母と子のきずなも彼女たちをつなぎとめることはできない。

アレッサンドロにはどちらもたっぷりとある。女性と人生をともにしたいと思ったときには、望みの女性を手に入れる。そのうちいつか。いまではない。

彼はグラスをまわし、ブランデーの香りを吸った。「そんなにぞっとする顔かな?」アレッサンドロは鋭い視線をカリスに投げた。

ぞっとする? そうだったらどんなにいいか、とカリスは思った。彼から視線をはがすことができるのに。男性的な強烈な魅力に引かれて呼吸が浅くなっている。いつも同じだ。だが時間と常識が致命的な弱さを治してくれるように祈ってきた。

「あなたの顔の話をするためにここへ呼んだの?」カリスには彼の質問に直接答えないだけの分別があった。

恐ろしいことに、いままで以上に彼は魅力的だった。まっすぐな黒い眉の下からこめかみまで伸びた傷跡さえ、彫りの深いほっそりした彼の顔を損なってはいない。カリスは膝の上の手を握り締めた。いまでもアレッサンドロは否定しようのない肉体的な魅力を発散している。けれど、ありがたいことに、彼の魅力に屈したりしないだけの分別はある。もう弱さは克服した。

「きみが傷跡をじっと見つめているから」アレッサンドロはブランデーを口に運んだ。

カリスは彼の喉の動きを見つめた。脈が速くなっていく。正装した彼はいっそう魅力的だった。

「何を考えている？」アレッサンドロがきいた。

カリスは何も着ていない彼の強靭《きょうじん》な体を想像していたことに気づき、頬を真っ赤にした。急いで彼から視線を引きはがす。「何も。ただずいぶん変わったと思って」半ば本当、半ば嘘《うそ》だった。

「そんなに変わったかな？」彼は両肘を膝について身を乗りだした。

カリスは肩をすくめた。「あれから……」口を閉じた。どれほど時がたったか思い出したことを彼にわざわざ教える必要はない。「しばらくぶりだから。時がたてば人は変わるものよ」

「どんなふうに変わったのかな？」

カリスは彼のまなざしの激しさに驚いた。翡翠《ひすい》色の刃で肌を愛撫されているようだ。なめらかだけれど、とても危険だ。

「そうね、傷跡があるわ」

カリスは健康状態を尋ねる前に口を閉じた。事故にあったのだろうか？ それとも手術でもしたの？ 気にしてはだめよ、と自分に言い聞かせる。

「いまはすばらしく健康だ」

カリスは驚いた。どうしてわたしの考えていることがわかるのだろう。「そうでしょうね」彼女はすばやく言った。「そうでなければ、ここまでいらっしゃらないでしょう」病気なら、イタリアで一流の医師の治療を受けているはずだ。いったい何が望みなの？

神経がざわついた。理由はひとつ。彼の欲しいものはひとつしかない。

わたしの息子だ。

彼がここにいるのは、いまになってレオを欲しいと思ったからに違いない。

アレッサンドロは中途半端なことはしない。何か欲しいと思ったら、すべて手に入れる。それにイタリアの普通の男性は自分の息子を欲しがるものでしょう？ カリスは恐怖に胸を締めつけられた。もしそうだとしたら、彼を止めることはできない。

「ほかにどう変わったかな？」

外見に固執する彼にカリスは顔をしかめた。カリスの知っているアレッサンドロは外見など気にしなかった。

「以前より色が白くなり、そしてやせたみたい」

二人が会ったとき、彼はスキーの休暇中だった。オリーブ色の肌がアルプスの太陽に焼かれて明るい焦茶色に輝いていた。長身で、手足が長く、筋肉質の引き締まった体をし、そして生気に満ちた緑色の目と官能的な笑みは、地球上には二人しかいないという気分にさせてくれた。

いまの彼はやせたように見えるが、それがすばらしい骨格を強調している。動きを見れば、強靱な筋肉とエネルギーを失っていないのは明らかだ。

「長時間、働いたからね」

食事をとらないほど長く？

カリスは視線をそむけ、心配したことに自己嫌悪を覚えた。

「変わらないものもあるということね」

最後の数週間、アレッサンドロは仕事を理由にカリスと一緒に過ごそうとしなかった。最初は、父親が亡くなったあと、仕事に問題が起こったのだと思った。けれどもカリスが質問をしても、助けになろうとしても、きっぱりと拒否された。

会社は順調だ。ぼくも元気だ。きみは心配しすぎている。ぼくには果たすべき責任があるだけだ。彼が繰り返し口にした言葉だ。

アレッサンドロはしだいにカリスを彼の人生から締めだしていった。やがて二人が一緒に過ごすのは、夜明け前のひととき、何もかも焼きつくしてしまいそうな情熱で彼がカリスを奪うときだけになっていった。

彼の不在が続くのは仕事のせいだけではないとカリスにはわかった。彼にはほかのことや、ほかの人たちとの時間があった。なんてだまされやすかったのだろう。ベッドをともにしている世間知らずのあか抜けしない女性に彼が満足していると信じていたとは……。

「多国籍企業の最高経営責任者《CEO》はいろいろなことにかかわらなくてはならないんだ」

「わかっているわ」

カリスはとんでもない時間に彼が仕事を始めても心配するのをやめた。彼女が愛している魅力的な男性に何が起こっているのか理解しようとするのもやめた。彼は猛烈に仕事をするが、切り替え方も知っている。わたしと一緒に楽しむことを知っている。

カリスは気分が悪くなった。二人が何を共有していたにせよ、もう終わったのだ。

なのに、わたしはここで何をしているの？

カリスは無益な会話に打ちのめされた。こんなことをしても傷口が開くだけだ。彼女はいきなり立ちあがった。「お会いできてよかったわ。でも、もう行かないと。時間も遅いから」

そう言ったときにはアレッサンドロはすぐそばに立っていた。彼のまなざしは炎のように熱かった。

カリスは思わず後ろに下がったが、退路はふさがっていた。熱さにのみこまれ、頭の中を、驚きと怒りと興奮が駆け抜けた。

「まだ帰ることはできない」

「帰るわ」二度とばかなまねはしない。「わたしたちは終わったのよ」

「終わった?」

アレッサンドロの片方の眉が上がり、口もとには楽しくもないのに笑みが浮かんだ。

「それなら、これはどうだ?」

いきなりアレッサンドロは長い腕を伸ばしてカリスを引き寄せ、頭を下げた。

# 3

「アレッサンドロ！」

カリスが初めて彼の名を口にした。アレッサンドロは懐かしい響きを体の奥深くまで感じた。引き寄せた体も懐かしい誘惑そのものだった。

アレッサンドロは自分を抑えようとした。分別を持て、と。

だが、カリスが部屋に入ってきた瞬間から、彼は粗野で原始的な本能に従って行動していた。

アレッサンドロはカリスをしっかりと引き寄せた。彼女の胸のふくらみが彼の胸を押し、腰は彼の腰に当たっている。期待が押し寄せてきた。

カリスが入ってきたときの、疲れをにじませながらも挑戦的な様子に、今夜、彼女と向き合う必要があるのだろうかとアレッサンドロはいぶかった。だがいま、彼女の息をのむ音を聞いて迷いは消えた。

目には怒りの炎が燃えているかもしれないが、ぴったりと合った体がその怒りは嘘《うそ》だと言っている。

頭では彼女を覚えていなくても、アレッサンドロの体は覚えていた。下腹部が親密さと欲望を語っている。

カリスの柔らかいシナモンの香りを吸いこむと、そうだと脳が叫ぶ。彼女だ！

「アレッサンドロ！」カリスの口調には彼の胸を押す手と同様に断固たる決意があった。だが、どこかにためらいの響きもあった。

アレッサンドロは手を上げてカリスの頬に触れた。頬は柔らかく、ミルクのように白い。まぶたが震え、すぐに大きく開いた。

「こんなことをする権利はあなたにないわ。放して」

「権利はない？」アレッサンドロは親指で彼女の口を撫《な》で、肉感的な唇と熱い息を感じた。

彼女の口は開き、まぶたが震えた。

アレッサンドロは脚を開き、彼女の腰を包むように引き寄せた。たちまち喜びの予感に血がたぎる。彼は必死に衝動を抑えた。

「きみがそんなふうに反応するなら、権利はある」アレッサンドロはまた親指を唇に添って滑らせた。今度はさらに深く押したので、指が舌に触れた。

彼は欲望に身をこわばらせた。なんてことだ《マンマ・ミーア》！　舌に触れただけで、自制心がばらばらになってしまうとは。

カリスの目が驚いたように色濃くなった。彼女も同じことを感じているのだ。

「わたしは……何もしていないわ」カリスはかすれた声で言い、離れようと彼の胸を突いた。

「カリス」アレッサンドロは彼女の名前の響きが好きだった。「ぼくを拒否するのか？ これを拒否するのか？」

彼はすばやくカリスの頭の後ろに手を当てた。それから彼女を引き寄せ、唇を合わせようと頭を下げた。

カリスは顔をそむけて避けようとした。アレッサンドロの唇が彼女の耳の下をかすめる。なめらかな肌と、甘い体のにおいで彼の頭はいっぱいになった。

すると、カリスの動きが止まった。ぼくと同じように欲望とめくるめくような喜びを覚えたのだろうか？ アレッサンドロは彼女の首から耳へと口を滑らせていった。

「拒否できないだろう」アレッサンドロはつぶやいた。

カリスの肌は春の花のようにさわやかで甘い味がした。わずかに頭を引き、彼女の顔を見る。目を閉じ、唇が誘うように開いている。アレッサンドロは口もとに満足げな笑みを浮かべた。

カリスのひっつめにした髪が下がりはじめている。彼の手首に落ちた長い髪を見て、黒ではなく赤みを帯びた暗褐色だということに気づいた。

豊かな暗褐色の髪が白い枕《まくら》に広がっているところが目に浮かぶ。ぼくはそのつややかな髪を両手で広げて……。

想像ではない。記憶だ。

彼と一緒に眠そうにベッドに横たわっているカリス。まばゆいほどの彼女の物憂げな笑み。

突然、記憶がよみがえり、アレッサンドロは思わずカリスを抱き締めた。

ひと晩のうちに二度思い出した。やはりここに来たのは正解だった。

この女性といると、閉ざされた過去の扉を開けることができる。失ったものをすべて取り戻すのだ。記憶が戻れば、何かを失ったという漠然とした意識から自由になれるだろう。そうすればまた自分の人生に満足し、前進することができる。

「アレッサンドロ」

カリスは目を開けていた。目にはショックの色が浮かび、無念そうに唇を噛《か》んでいる。

アレッサンドロは女性の希望は尊重するようにと教えられた。マッターニ家の社交儀礼はしっかりと根づいている。だがカリスも彼と同じくらいこれを望んでいる。それに一度のキスで傷ついたりしない。

「このあと」アレッサンドロはつぶやいた。「きっときみも楽しむ」

彼はカリスの頭をつかんで顔を上向かせ、唇を重ねた。

カリスはなんとかして彼を押しのけようとした。だが効果はなかった。それどころか、彼の広い肩が近づいただけだ。

彼の温かい唇に唇を覆われると、欲望に火がつき、頭のてっぺんから爪先まで震えた。だがカリスは欲望に負けまいとした。両手で彼の肩を押し、上体を反らせる。彼のキスは意外なほど優しく、固く閉ざしたカリスの唇を愛撫《あいぶ》した。

なじみのないコロンの香りがかすかに漂ってくる。彼の熱い体がカリスを温め、腕はカリスを放すまいとしっかり抱き締めている。

カリスは決意を、彼に対する軽蔑《けいべつ》を駆り立てようとした。だが、理性が負け戦覚悟で戦っているのに、体は早くも降伏していた。

「いや!」逃げなければ。断固とした態度を見せないといけない。「わたしは――」

遅すぎた。アレッサンドロはカリスの一瞬の隙《すき》を利用し、舌をカリスの口の中に差し入れた。

現実が砕け散り、カリスは息を止めた。まぶたの裏の暗い世界で炎が燃えあがる。アレッサンドロが彼女の後頭部をつかみ、さらに深く口の中を探りはじめると、カリスは身震いした。

カリスは彼の肩を両手でしっかりとつかんだ。恐怖が消え、彼に合わせておずおずと口を動かす。やがて冬眠から目覚めるように命の息吹が押し寄せてきた。

アレッサンドロはさらにカリスを引き寄せた。いまやカリスは彼のキスに熱心に反応している。

カリスの手は彼の肩から首へ、硬く縮れた髪へと進み、頭を包んだ。彼は本物だった。夢の中のはかない幻影ではなかった。

思い出が一気によみがえった。わたしを喜ばせるアレッサンドロ。決して放さないとばかりに強く抱き締めるアレッサンドロ。そして二人が会った瞬間に飛び散った火花。

カリスはアレッサンドロの感触を夢中で学習し直した。彼の髪、彼の唇と舌、カリスを抱き締める熱い鋼鉄のような腕、強靭《きょうじん》な体。そして彼の味とにおい。

カリスは身を乗りだし、豊かな胸を彼の体に押しつけた。沸き立つような興奮に夢中になる。

アレッサンドロはうめき声をあげ、片方の腕を下げて、カリスのヒップを包むようにして抱きあげた。

そうよ！　カリスはえも言われぬ感覚に我を忘れた。絡み合う口、力強い抱擁、彼の顎や頬の燃えるように熱い肌。

アレッサンドロが動いた。やがてカリスは背中に固いものを感じた。壁？　長椅子？

自分がどこにいるかわからなかった。

彼がゆっくりと腰を動かすや、カリスの全身を欲望が貫いた。二人の下腹部がぴったりと重なり、彼の高まりが喜びを予感させる。

カリスは無意識のうちに身を反らした。脚の付け根の奥深くが期待にうずく。

「きみは妖婦《ようふ》だ」

カリスはのけぞり、空気を大きく吸いこんだ。アレッサンドロが彼女の顔や喉に燃えるようなキスをすると、カリスのこわばった体に火がつき、歓喜の爆発が生じた。アレッサンドロは二人の衣服を体温で溶かすことができるとでもいうようにさらに体を押しつけた。大きい手がカリスの腰や腿へと滑ると、さらに体が震えた。彼の手のひらが上がるにつれ、スカートも上がっていく。

おぼろげながらも抵抗しなければと気づき、カリスは口を開けたが、アレッサンドロは再び彼女の口にキスをし、呼吸と思考力を奪った。

甘く激しいキスはカリスの最後の抵抗を封じてしまった。隠されていた熱望をことごとく引きだされ、カリスは上体を反らした。

アレッサンドロはカリスの脚を彼の腰に巻きつけさせた。体の奥深くが痛みにも似た喜びにうずく。彼女は彼に巻きつけた脚を強く締めつけた。

わかったというように、アレッサンドロは下腹部をいっそう強くカリスに押しつけた。

そう、これこそわたしが望んでいたことだ。体の中の温かい部分に、長いあいだ冷えきっていた心に、彼を迎え入れることだった。

大きな手がしわくちゃになったスカートを押しあげ、震える素肌に触れた。

「ストッキングか」アレッサンドロはカリスの唇につぶやいた。「きみは男をおかしくさせるために服を着ている」

カリスは聞いていなかった。だが彼の賞賛の口調だけはわかった。やみくもに彼の蝶《ちょう》ネクタイを引っ張り、熱い肌を手のひらに感じようとした。

長い指がカリスの腿を撫で、敏感な肌を興奮させる。カリスはもだえながら、彼のシャツを引き破った。

彼の手が動き、関節がコットンのショーツをかすめる。

「いとしい人《カーラ》」アレッサンドロはうなるように言った。「わかっていたよ、きみもこれを望んでいたことは」彼は伸縮性のある下着に手を滑りこませ、もう一方の手でベルトを外しにかかった。

その瞬間、カリスは我に返り、容赦のない現実に引き戻された。頭が働きだすと、めくるめくような興奮はたちまち消えていった。

貪欲《どんよく》に求める彼の手の動きのせいだろうか？　いかにも手慣れたようにベルトを外し、ズボンの留め具を開いたせいだろうか？　ひとりよがりの満足げな声のせいかもしれない。

彼はわたしを欲しいわけじゃないのよ、と怒りの声が頭の中で響いた。彼はこれが――

セックスが欲しかったのだ。

女性なら誰でもよかったに違いない。ただわたしが都合よく応じたからだ。それも喜んで、必死になって。

カリスは身をこわばらせ、呆然《ぼうぜん》とした。

わたしは何をしているの？　寂しさと、かつて二人が共有した喜びを思い出したせいで、誘惑に負けてしまった。

「いや！　やめて」みじめさに打ちのめされ、カリスは彼の手を払いのけて脚をほどいた。「放して」

カリスがいきなり動いたので、アレッサンドロは思わず体を引いた。その間にカリスは床に足を下ろした。後ろが壁だということに初めて気づいた。膝から崩れ落ちないように足を踏ん張らなければならなかった。

スイートルームの壁を支えに、彼はもう少しでわたしを奪うところだった。それも服を着たままで。

カリスの中に屈辱と不信の念がわきあがり、二人が共有したすばらしい興奮が消えていった。どうしてわたしはこれほど弱くなれるのだろう？

「カリス……」

カリスは彼の手を払いのけ、よろめきながら脱ぎ捨てられた靴のところまで歩いた。

わたしの自尊心はずたずたに引き裂かれてしまった。震える手で腰まで上がったスカートを下ろしている間、胸が苦しげに波打った。

「頼む」

「いや!」カリスは彼のほうを向き、彼を近寄らせまいと腕を突っ張った。

顎に口紅がつき、ジャケットとドレスシャツが開いて胸があらわになっていても、アレッサンドロは主導権と自制心を持っているように見える。そしてほかのどの男性よりセクシーだった。

カリスは、彼の胸が激しい運動をしたあとのように上下し、顔がこわばっているのを見た。頬には赤みが差し、空気を吸おうと鼻孔が広がっている。

そこにあるのは紛れもなく動物的な欲望だ。それこそ、アレッサンドロがわたしに感じたものなのだ、とカリスは思い知らされた。

わたしはいつになったら学ぶの?

カリスは自己嫌悪でいっぱいになった。

ただ一度のキスで燃えあがり、彼の肌をじかに感じたいとシャツを引き破ったあげく、奪ってと彼をせきたてるなんて。

カリスは唇を噛んだ。自ら堕落への道を突き進んでしまった。

「さわらないで」彼女はスカートを下ろしながら言った。視線を彼の上半身に据えたままで。

「けっこう。好きなようにしたまえ《ヴァ・ベーネ》」

アレッサンドロの目は、いつまでもきみの言いなりになるつもりはないと警告していた。

「では、話をしよう」

カリスは毛足の長いフラシ天の絨毯《じゅうたん》をゆっくりと横切った。アレッサンドロは両手を腰に当て、じっと立っている。彼女が正気に戻るのを待っているとでもいうように。

「話をしないといけない。カリス」

とんでもない。もう充分すぎるほど話した。ひんやりとした空気を感じたカリスは、顔をしかめ、喉に手をやった。ブラウスの前が開き、白いコットンのブラジャーが見えている。

どうしてこんなことになったの？　カリスは麻痺《まひ》した手でブラウスの端をつかんだ。とがめるようにアレッサンドロに視線を投げたが、彼は眉を上げ、両腕を胸の前で組んだだけだった。

「ここにとどまり、またあなたに襲われるつもりはないわ」

「襲われる？」アレッサンドロは背筋を伸ばし、カリスを見下ろすように視線を下げた。「とんでもない。ぼくが触れたら、きみはあえいだ」

彼の傲慢《ごうまん》な言葉は最後の一撃だった。カリスの決意は役に立たなかった。彼女は弱く、彼に抵抗する力などなかった。虚勢を張ることすらできない。

カリスはぎこちなく肩をすくめた。

「好奇心を覚えただけよ」アレッサンドロが反論しようと口を開きかけたのを見て、カリスは慌てて言葉を継いだ。「それに久しぶりだったから……」

「控えていたということか、カーラ？　そういうことなのか？」彼のかすれる声が言った。彼と別れてから、誰ともつき合わなかったのだろう、と。

カリスは怒りで体が熱くなった。アレッサンドロはわたしの純潔と愛情と信頼を奪い、また指を鳴らせばわたしを自分のものにできると思っている。

「いいえ」カリスは嘘をついた。誰ともつき合っていなかったと肯定したら、彼をうぬぼれさせるだけだ。「恋人とけんかをして――」

「恋人？」アレッサンドロの声が部屋じゅうに響きわたった。「恋人がいなくて寂しかったのか？　まさか、たったいまその男のことを考えていたなんて言えないだろう？」

「そうかしら？」カリスは彼の緑色のまなざしが凍った水晶のかけらのように肌に刺さるのを感じた。

「そんなことは信じない」だが、カリスの言葉はアレッサンドロの心に不信を植えつけた。彼の顔が蒼白《そうはく》になる。

カリスはかすかに勝利感を覚えた。これで彼から安全でいられるかもしれない。

「お好きなように。マッターニ伯爵」

「称号など使うな。赤の他人ではないんだ」

カリスは何も言わず、玄関のほうへとさらに数歩下がった。

「そんな格好で出ていくつもりか？」アレッサンドロは冷ややかな声で言った。

カリスはひっつめにしていた髪が肩にかかっているのを感じた。はだしで、服は脱げかけ、唇は情熱的なキスで腫《は》れあがり、胸の先端は恥ずかしげもなくブラジャーを突きあげている。何をしていたかは誰の目にも明らかだ。

選択権はわたしにある。ふしだらな女のように特別室から飛びだすか、あるいはアレッサンドロ・マッターニと仲むつまじく過ごしたように装うか。

アレッサンドロが動く前に、カリスは部屋を横切った。

「まあ見ていなさい」


アレッサンドロはスイートルームのテラスに立ち、仕事に向かう黒っぽい服の群れが橋を渡って、通りへと急ぐのを見ていた。ラッシュアワーだが、彼はすでに数時間仕事をしたあとだった。

いつも早く始め、遅くまで働いている。だがけさは……欲求不満でいっぱいだった。彼は手で髪をすいた。

普段より睡眠時間が少ない。なまめかしい白い手足がからみつく夢に苦しめられた。女らしい豊かな曲線、なめらかな肌、青灰色の目に誘われ、あと一歩で欲望が満たされそうになる。目が覚めるたびに、興奮して荒い息をしながら、カリス・ウェルズが逃げてしまったことを思い知った。

アレッサンドロは緊張を追い払うように髭《ひげ》を剃《そ》ったばかりの顎をこすった。

カリスが逃げたことが信じられなかった。彼と同じようにおかしくなったような渇望を彼女も感じていたのに。

彼は鉄の手すりを握り締めた。ぼくにもっと欲望をいだかせるための策略ということはありうるだろうか？　アレッサンドロはかぶりを振った。陰険な女が使いそうな策略ならなんでも知っている。カリスはぼくをからかったのではない。興奮したときの麝香《じゃこう》のにおいが彼女から確かに立ちのぼっていた。

カリス・ウェルズはぼくを欲しがっていた。

どうして拒んだのだ？

実業界に入って初めて学んだのは、慎重かつ客観的に計画し、最良のときに攻撃をかけることだった。なのに、昨夜は考えるということをしなかった。

後悔がさざ波のように彼の胸に押し寄せた。

カリスが無事に家に帰ったことは警備班から連絡があった。アレッサンドロはそれでも自責の念を覚えた。彼女が逃げたのはぼくのせいだ。

自制心を保ち、動物的な本能を抑えるべきだった。とはいえ、あのときはカリスを自分のものにしたいという欲求しか頭になかった。

アレッサンドロはまた手のひらで顔をこすった。カリスに対してはいつもこうだったのだろうか?

知らないということが彼を苦しめた。手の届くところまで来ているのに、答えが逃げてしまう。

控えめな電話の音が思考を遮った。アレッサンドロはポケットから携帯電話を取りだした。

警備班の責任者のブルーノがけさのカリスの動きを報告してきた。アレッサンドロは報告を聞いて固まってしまったが、抑揚のない声で答えた。

ようやくいくつか命令を出すと、携帯電話を耳から離し、ブルーノが送ってくる画像を待った。

画像が届いた。少しぶれているが、間違いない。見慣れた黒いスーツ姿のカリス・ウェルズは一部の隙もない。アレッサンドロの注意を引いたのは彼女が腕に抱いているものだった。

赤ん坊だ。

カリスに子どもがいたとは。

信じられない思いでアレッサンドロは音をたてて息を吐いた。顎がこわばり、頭がずきずきしてきた。

誰の子どもだ？　別れた恋人の子どもか？　それともほかの男の子どもだろうか？　長くつき合った恋人か、あるいは行きずりの男か？

アレッサンドロはふと、手の痛みに気づいた。鉄の手すりをあまりにも強く握っていたので、手のひらが赤くなっていた。赤くなった手を見つめ、それからカリスと子どもの画像に視線を戻した。

窒息しそうだった。カリスがほかの男と一緒にいたと思うと、アレッサンドロは焼けるような怒りを覚えた。カリスとなぜ別れたのかは問題ではない。彼女はぼくのものだと本能が叫んでいる。二人の情熱の激しさを思えば、ほかの関係など無意味だ。

ほかの男の赤ん坊を抱いているカリスを見ていると、アレッサンドロは胸や腹に炎が槍《やり》となって突き刺さる気がした。なんとしても赤ん坊の父親を見つけだし、自らの手でひねりつぶしたかった。

# 4

カリスは長いコートを体にしっかりと引き寄せ、従業員の通用口を出た。安い古着のコートは大きすぎて、冷たい風をはらんでしまう。

低い空を仰ぎ見たカリスは、舗道を濡《ぬ》らしはじめた雨を避けようと急いだ。運がよければ、電車に間に合い、まずまずの時間に家に帰ることができる。今日は二人の同僚が仕事に復帰したので、残業をしなくてすんだ。

レオと二人で静かに過ごし、ゆっくりとお風呂につかってベッドに入るのが楽しみだ。

たぶん今夜も眠れない夜を過ごすことになるということは考えないようにした。

ショックを受けた状態のままなんとか今日一日をやり過ごせた。また彼がやってくるのではないかと案じていた。

アレッサンドロはレオが欲しいのだ。でなければ、わざわざイタリアから来たりはしない。

彼にとって、昨夜の出来事は女性をベッドに引きこむチャンスにすぎなかったのだ。

カリスの喉に苦いものがこみあげた。恥ずかしさに身がすくむ思いだった。

彼が結婚していることさえ忘れていた。名門の出の女相続人と結婚したのだ。もう少しで愚かなまねをするところだった。

カリスは怒りと驚きと失望を覚えた。自分の欲求を満たすためにわたしを利用した彼に対して。そして自尊心と節操を捨てて彼の抱擁に身を任せた自分に対して。

カリスは背筋を伸ばした。もう二度とばかなまねはしない。それに彼は――。

きれいに磨かれた黒い大きな靴がカリスの行く手を遮った。カリスは相手をよけようと横に動いたが、男もすぐに大きく一歩動いた。

カリスは視線を上げていった。ピンストライプのズボンに包まれた筋肉質の太い脚。品のいいシャツ、黒っぽいネクタイ、体にぴったり合ったジャケット、浅黒い顔に白髪まじりの頭。耳たぶで金色のリングが光った。見たことがある顔だ、とカリスは思った。

「すみません《スクーザ》、シニョリーナ。どうぞ、こちらに」

男性は縁石のほうを示した。

カリスが振り向くと、リムジンが彼女の傍らに止まり、後ろのドアが開いていた。

脈が速くなる。車の中で手足を伸ばしている姿が目に入った。このような親密な空間でアレッサンドロ・マッターニとだけは一緒になりたくない。

「冗談じゃないわ」カリスは思わず後ろに下がった。

大きなイタリア人が近づき、カリスを車へ連れていこうとする。

カリスは舗道に立ち、あたりを見まわした。数人の人影が大粒の雨を避けようと走っているだけだ。アレッサンドロの用心棒がカリスを無理やり車に乗せようとしているのに、止める者は誰もいない。

「二人ともびしょ濡れになる前に、車に乗ったらどうだ？」後部座席から冷ややかな声がした。

「あなたと車に乗るより濡れるほうがましよ」

「きみの自尊心のためにブルーノを同じ目に遭わせるのはずいぶん利己的だな」

カリスは目を丸くした。自尊心ですって？　単に自尊心の問題だと考えているの？

傍らの男性が動いた。カリスは彼に視線を投げた。逃げることはできるだろうか？　男性はラグビーの選手のようにがっしりとしている。

「お願いです、シニョリーナ《ベル・ファヴォーレ》」

雨脚が強くなり、彼のジャケットに滴が飛び散っている。

彼はハイヒールとスカートをはいた百六十七センチの女性など一瞬で取り押さえるだろう。

「彼の見かけにだまされないように」リムジンの中からそっけない声が聞こえた。「ブルーノは胸が弱い。気管支炎の発作がおさまったところだ。ぶり返したら困る。きみだってそう思うだろう」

ブルーノの顔にかすかな表情が浮かんだ。笑みだろうか？　まさか。

アレッサンドロが座席の端まで滑るように出てきた。

「彼を肺炎にしたら、ぼくは奥さんに半殺しにされる」

カリスは思わず笑いそうになった。ずいぶん前のことだが、アレッサンドロがにこりともせずに言うユーモアにも引かれた。忘れていた。

「良心に訴えるより、恐喝のほうがあなたらしいやり方だと思っていたわ」カリスはあざけるように言った。

雨が襟の中に入ってきたが、カリスは身じろぎもせずに立っていた。

アレッサンドロは引き締まった肩をすくめ、イタリア語で何か言った。ブルーノがカリスから離れた。すぐに彼のなめらかな声が聞こえた。「昨夜のことは後悔している。あんなつもりではなかった」

アレッサンドロはカリスの返事を待っている。これで謝っているつもりなら、彼には学ぶことがたくさんある。

カリスがじっと立っていると、アレッサンドロはいぶかしげに目を細めた。彼女は恐怖に駆られ、体が震えた。先ほどののんきな言葉とは違い、目は怒っている。

「だが、きみがそんなやり方がいいのなら」アレッサンドロはうれしそうに言った。「しかたがない」

あなたとはどんな方法でもかかわりたくないと言おうとしたが、彼が先に口を開いた。

「ホテルの経営陣は昨夜の特別室の外のロビーとエレベーターの防犯カメラに興味を持つだろうね。もし彼らが録画をチェックしたら、おもしろい光景を見ることになる」

「そんなことするはずないわ！」カリスはショックのあまり思わずあえいだ。

「そうかな？」アレッサンドロの目は無表情だった。「スタッフが客に個人的なサービスをしているのを見て眉をひそめるだろうね」

カリスは怒りで体が熱くなった。「あなたにサービスなどしていな――」

「きみが何をしていたかはどうでもいいんだ、カリス。問題は証拠がどんなふうに見えるかだ」

証拠ですって？　いかにも形式ばった言葉だ。誰かが記録を調べたら、それが証拠になるのだろう。わたしを解雇するに足る充分な証拠に。

カリスは震えた。もちろん冷たい雨のせいではない。彼女にはいまの仕事がどうしても必要だった。わずかな資格しか持たない者にとって仕事を見つけるのは難しい。

アレッサンドロは脅迫するつもりなの？

かつては彼を信頼していた。愛されていると信じていたこともあった。なんて世間知らずで愚かな人間だったのだろう。

彼が信頼できない人間であることを、わたしはつらい思いを通して学んだ。自分の思いどおりにするためにはどんなことでもする男だ。

カリスは尋ねた。「何が欲しいの？」

「話をしたい。まだ用件は終わっていない」

アレッサンドロはカリスの返事を待つことなく、座席の奥に移動して彼女の座る場所を空けた。

用件は終わっていない――幼い子どものことを彼はこんなふうに言うの？

カリスは闘志がわいてきた。アレッサンドロを無視することはできない。彼と向き合わなければ。

彼女はリムジンに乗った。真新しい革のシートの上を濡れたコートが滑る。リムジンのドアが静かに閉まると、カリスはシートにもたれ、目を閉じた。体の芯《しん》まで冷えている。

もう逃げることはできない。

すぐに運転席のドアが閉まり、車が動きだした。カリスはシートベルトをつけることを思い出した。横に視線を向けると、街の通りを背景に傲慢《ごうまん》そうな顔の輪郭が浮かんでいる。ぞっとするほど険しいものだった。

不安がますます大きくなり、カリスは目をそむけた。わたしから行き先をきくつもりはない。黙っていよう。考えを整理する時間ができる。

まっすぐ前を向き、混乱している頭を静めようとしていると、曇りガラスの向こうにブルーノの後頭部が見えた。

見覚えがあった。

「彼はわたしの住んでいる通りにいたわ。それも昨夜!」カリスは身を乗りだした。間違いない。

アパートメントのある薄暗い通りを歩いていたとき、前方にジーンズに革のジャケットを着た屈強な男性がいた。男性は誰かを待っているようだった。だがカリスがためらっていると、男性は向きを変えて行ってしまった。

カリスは急いでアパートメントの中に入った。昼間は安全な通りだが、夜になると怪しげな人たちもやってくる。

「ブルーノはあなたのボディーガードなのね。彼はわたしの家の外にいたのよ」

カリスが振り向くと、アレッサンドロがじっと見つめていた。彼は返事をしようともしない。

「否定もしないのね!」

「どうして否定しないといけないんだ?」アレッサンドロはかすかに眉をひそめた。

「彼にわたしのあとをつけさせたの?」アレッサンドロはすでにわたしの経歴を調べている。プライバシーを侵すことなどなんとも思っていない。

「当然だ」アレッサンドロは何を騒いでいるのかという顔でカリスを見た。「遅い時間だった。きみが無事に帰ったことを確かめないといけなかった」

彼の説明にカリスは気が抜け、後ろにもたれかかった。「わたしを守ろうとしたということ？」

アレッサンドロの目に何かが浮かんだ。「家にいるべき時間だったからね」

彼はカリスの服の乱れについては触れなかった。彼女は従業員室から靴を借り、シャツのボタンは留めていた。だが途中で彼女を見た数人の人たちには特別室で何をしようとしていたかは一目瞭然《りょうぜん》だっただろう。

アレッサンドロはカリスが親の指導が必要な十代の若者のような口調で話す。それでも彼が安全を気づかってくれたことがうれしかった。

かつては彼が気を配ってくれる様子にわくわくしたものだ。守ろうとしてくれているように思えた。

だが思い違いだった。実際は、わたしを孤立させ、彼のほかの生活から離しておくためだった。それはどんなふうにカリスを利用しているかを教えない確実な方法だった。

たちまち喜びは消え、冷たい現実が骨の芯まで届いた。

「自分の面倒は自分で見ることができるわ。あなたが現れるまでずっとそうしてきたの」

カリスはバッグを抱きかかえ、顔をそむけた。

カリスはいまの生活を誇りに思っていた。オーストラリアに到着したときは心がずたずたになり、自信は砕け散っていた。メルボルンに来るつもりもなかった。動転するあまり、空港まで行き、すぐに搭乗できる外国行きの飛行機に乗っただけだ。

そしてレオとの新しい生活を築きあげた。

「そうかな?」アレッサンドロはいかにも疑わしそうな口調で言った。「ここが子どもを育てるのに最良の地域だと思っているのか?」

バッグのファスナーをさわっていたカリスの指が止まった。

いよいよ核心に近づいたわ。カリスはアレッサンドロが彼女を悪い母親だと責め、父親としての権利を要求するのを待った。しかし彼は黙っていた。

「部屋は日当たりもいいし、快適だし。家賃も手ごろなの」カリスは弁解がましく言った。

こちらの経済状態を彼が知っていることは間違いない。

カリスは陣痛が始まるまで働いたが、レオが生まれてからはわずかな貯金も使ってしまった。遠方にいる父親がお金を送ってくれなかったら、生活できなかっただろう。

いまはランドフォードでの仕事があるので、なんとか収入の範囲内で生活できている。

「場所はどうだ?　このあたりは麻薬の売人や売春婦のたまり場になってきている」アレッサンドロは非難がましい口調で言った。

「大げさに言われているだけよ」カリスは自分が抱いている不安を認めようとしなかった。

息子のために作った居心地のいい我が家だが、しだいに環境が悪くなっている。

数日前にも公園で注射器が見つかり、通りで殴打事件があった。友人はできたが、レオのためにどこか別のアパートメントを探すつもりでいた。

「そうかもしれないな」アレッサンドロはうんざりした口調で応じた。

カリスは戸惑った。アレッサンドロにとっていまがチャンスなのに。きみにはレオの面倒を見ることができない、単独養育権を持つべきではない――そう主張するチャンスなのに。

けれど、彼はまったく関心がないようだ。わたしの思い違いだろうか？　希望がわいてきた。

でも、息子のために来たのではないとしたら、いったい彼は何が欲しいのだろう？

アレッサンドロは、報告を受け取ってから感じている怒りを押さえつけた。

カリスがこのようなところに住んでいるという怒り。彼女と彼女の子どもの面倒を見ないような男とつき合ったことに対する怒り。そして自分がカリスに心をとらわれてしまったという怒り。

アレッサンドロは自分をののしった。カリスは彼を置いて出ていったのだ。おまえも同じことをしろと、彼の威厳と自尊心が要求している。

空白の数カ月について必要なことがわかったら、アレッサンドロはそうするつもりだった。それでも、親密な間柄だという感じに悩まされた。こんな気持ちは初めてだった。こめかみがずきずきし、アレッサンドロは手を握り締めた。昨夜の官能的な夢の断片か、記憶の名残かわからないが、彼をあざけるように悩ましい光景が浮かんでは消える。

カリスを憎みたかった。だが彼女の目の下にできた隈《くま》が気になった。眠れなかったのはひと晩だけではないだろう。

青白い顔と着古したコートを目にしたときは、胸が痛んだ。昨夜の彼女も疲れているようだったが、アレッサンドロは自分の激しい反応に圧倒され、彼女がこれほどまで疲労困《こん》憊《ぱい》だとはわからなかった。

長いあいだ悩まされてきた問題を解決したくてたまらなかった。彼女の豊かな曲線に我を忘れてしまった。

「きみの恋人はどこにいる？　どうしてきみを助けない？」アレッサンドロは激しい口調に自分でも驚いた。考えていることをそのまま口にするのは彼らしくない。

カリスはうんざりしたようなまなざしで彼を見た。目の色が嵐《あらし》の雲のように暗くなっている。何か隠しているとアレッサンドロは直感した。

カリスは目をしばたたき、視線をそらした。「わたしはひとりで大丈夫なの。誰も必要ない――」

「必要に決まっている。こんなところに住むべきではない。たとえ子どもがいなくても」

アレッサンドロは荒れた地域を見た。「恋人が助けるべきだ」

カリスは固く口を閉じていた。

アレッサンドロは激しい議論を戦わせたいと思った。どんな場合にも冷静さを失わない彼に似合わず。

カリスのせいでどうしようもなく気持ちが乱れていた。この二十四時間、なじみのない感情に激しく揺さぶられている。何よりもそのことが腹立たしかった。

「誰なんだ、カリス？　どうして男をかばう？」

彼を愛しているからか？　アレッサンドロは口をつぐんだ。自分には関係のないことだが、ほうってはおけなかった。

「誰もかばっていないわ」カリスは低い声で言った。「誰もいない。言ったでしょう――」

「けんかをしたと言っただろう。だからといって子どもと母親を置いて出ていく言い訳にはならない」

アレッサンドロの鼻孔が不快感で広がった。誰かがカリスを妊娠させたと思うだけで激しい怒りを覚えた。ぼくにこれほどの思いをさせる彼女はいったい何者なんだ？

カリスは黙ってアレッサンドロを見つめていた。

「同じ職場の人間か？」

カリスは首を横に振った。「ばかなこと言わないで」

ばかなことではない。一緒に仕事をしていると親密な関係になりやすい。「既婚者なのか？」


カリスは彼の険しい顔を見つめていた。本当に困惑しているようだった。口のまわりに深いしわが刻まれ、官能的な口もとには怒りが浮かんでいた。

「恋人などいないわ」カリスはためらいがちに言った。「ほうっておいてもらいたかったから作り話をしただけ」

アレッサンドロは眉を寄せた。「否定するな。男がいるはずだ」

「嘘《うそ》をついていると言うの？」彼が信じてくれないことで、決して癒《い》えることのないカリスの古傷が開いた。以前も信じてくれなかった。

苦痛に怒りがまじった。長いあいだ抑えつけていただけに、彼女の悲しみはいっそう大きかった。

「純潔を装うのはやめてくれ」アレッサンドロはあざ笑った。「ひとりでは妊娠しない。それとも処女降誕だったと言い張るつもりか？」

「ろくでなし！」カリスは彼の頬を打った。

手のひらがずきずきした。腕が震え、呼吸が浅くなる。アレッサンドロの目が危険な輝きを帯びたことにも、彼が近づいたことにも、カリスは気づかなかった。

そのとき、不意に彼の言葉の意味がわかり、安堵《あんど》が胸に押し寄せてきた。体を震わせながら、カリスはシートにもたれた。彼はレオを連れ帰るためにここに来たのではなかったのだ。

自分の愚かさに笑いがこみあげてきた。アレッサンドロはわたしの子どもを欲しがってはいない。当然だ。最初から関心がないとはっきり言った。彼にとっても、裕福な友人たちのいる上流社会にとっても、わたしやわたしの赤ん坊はふさわしくないのだ。だから彼は去っていったのだ。

どうして彼が変わったと思ったのだろう？　いまでも心のどこかで、わたしが恋に落ちた、夢のような男性だと信じたいと思っているから？

カリスの胸に苦痛がこみあげた。

まるでアレッサンドロが彼女の大事な希望を取りあげ、足で踏みつぶしてしまったようだった。

「本当にあなたはたいした人ね、アレッサンドロ・マッターニ」カリスの声は苦痛にかすれた。「あなたが変わっていないことを知っておくべきだった」

「ぼくが、変わっていない？」アレッサンドロは驚いたように言った。

「ええ、あなたが。あなたは臆病《おくびょう》者よ」カリスは吐き気を抑えるように手を胃にやった。

「これだけ時間がたっても自分の息子を認めないのね」

# 5

この女は頭がおかしいに違いない。目は嵐《あらし》のように暗く、ときどき稲光のように光っている。

手首をつかまれていることにも気づいていない。自分の激しい怒り以外は何も頭にないようだ。

彼女に打たれた頬が燃えるように熱い。すぐになぐり返せと自尊心が要求する。だが、ぼくは女性に暴力を振るったりはしない。それよりも彼女が何をしようとしているのか知ることが大事だ。

「ばかなことを言うな。ぼくには子どもはいない」どんなに重傷を負っても、これだけは決して忘れない。それに父親だと訴えられないようにいつも気をつけてきた。

「よして、アレッサンドロ」カリスは言い返した。「ほかの人はともかく、わたしは言いくるめられたりしないわ」

彼女の体が震え、脈が急に速くなったのがわかり、アレッサンドロは眉をひそめた。

「ぼくたちの関係が終わったことを怒っているのか？」

アレッサンドロとつき合う女性たちは皆、マッターニ伯爵夫人になるのを望んでいる。しかし、彼は結婚に幻想をいだいていない。結婚は義務であり、そして義務の遂行はできるだけ遅いほうがいい。

カリスはおもしろくもなさそうに笑った。「たとえお金をもらっても、とどまったりしなかったわ」吐き捨てるように言う。「本当のあなたを知ってからはね」

アレッサンドロにとって、これほど激しい嫌悪をぶつけられたのは初めてだった。電気ショックを受けたように感じた。

「息子とは、どういうことだ？」

カリスの口がゆがんだ。「忘れてちょうだい」顔をそむけた。

カリスは手を振りほどこうとしたが、アレッサンドロは離さなかった。もう一方の手もやすやすとつかんだ。

「いや、できないね」アレッサンドロは彼女の手を引き、振り向かせた。カリスの呼吸が速くなり、胸のふくらみがさらに大きくなる。「話すんだ」

彼の手の下でカリスの脈が強くなった。彼女は唇を湿そうとするように舌を走らせた。たちまちアレッサンドロの下腹部が欲望の炎を上げた。彼女のピンク色の唇が無意識に誘っている。彼の手に力がこもった。

「話すことなんかないわ」けんか腰だった。「あなたには子どもがいる。でも、もう知っていることでしょう」カリスの顔から初めて激しさが消え、冷ややかになった。「知っていることをどうしてわざわざ言わせるの？」

「真実を知りたい。きくのはそんなにひどいことか？」アレッサンドロはカリスを揺すって本当のことを聞きだしたかった。

これほど腹が立ったことはなかった。女性にこれほど非難されたこともない。それに、自分の過去を覚えていないことで頭がどうにかなりそうだった。

カリスが顎を上げた。「わたしの手を握りつぶさないでいただけるかしら」

アレッサンドロはすぐに手を離した。緊張で指がこわばっていた。痛い思いをさせるつもりはなかった。自制心を失いかけている証拠だ。

「ありがとう」カリスは視線をそらした。「二度とぶったりしないわ」体の向きを変える。

「着いたようね」いかにもほっとしたように言った。

ブルーノが舗道の側のドアを開けた。アレッサンドロの側のドアには運転手が立ち、彼が降りるのを待っている。

「話は中で続けよう」

「家には入っていただかないほうがいいのだけど」

「ぼくは入ったほうがいいと思うが」

記憶の空白を埋め、何かが人生から失われたという感覚を追い払わないといけない。それに子どもの父親だというばかばかしい話にも決着をつける必要がある。

アレッサンドロは車から降りた。体がこわばっている。背筋を伸ばし、あたりを見まわした。反対の建物には落書きがあり、一階の窓には板が打ちつけてあった。

カリスは後ろを見ずに醜悪な四角い建物の中に入っていった。

アレッサンドロは前に進んだ。

「伯爵《シニョール・コンテ》」ブルーノが舗道で待っていた。

「なんだ？」アレッサンドロは足を止めた。

「けさの質問の答えを途中で受け取りました。お話の邪魔をしたくなかったので」

ブルーノの慎重な口調がアレッサンドロの注意を引いた。警備主任のまなざしを見て、よくない答えだとわかった。

「それで？」

「婚姻の記録はありません。シニョーラ・ウェルズは未婚です」

赤ん坊の父親と結婚もしなかったのだ。アレッサンドロは両手をポケットに突っこみ、報告を聞いたときの感情については考えまいとした。

「まだあるのか？」

ブルーノはうなずいた。「ちょうど一年前、メルボルンで出産しています」

アレッサンドロの背筋が予感に震えた。「ほかには?」

「母親はカリス・アントワネット・ウェルズ、受付係、現住所はここです」ブルーノはくたびれた赤いれんが造りのアパートメントを指した。

「それで?」

ブルーノは視線をそらし、それから背筋を伸ばした。「父親は、イタリアのコモに住む、アレッサンドロ・レオナルド・ダニエレ・マッターニ」

半ば予期していたこととはいえ、一語一語聞くたびにハンマーでなぐられるようだった。こんなふうにぼくを利用するとは!

何が目的だ? 金か? 地位か? 世間体か?

どうして金を巻きあげに来なかったのだ? いちばんいい時期を見計らって近づくつもりだったのだろうか?

嫌悪感に鼻孔が開き、耳の奥で血液が音をたてて流れる。

「ここで待っていてくれ」アレッサンドロは返事を待たずに建物へと向かった。報いを受けさせてやる。

カリス・ウェルズはやりすぎた。ぼくの名誉を汚した。

カリスは隣の家に寄ってまだ眠っているレオを受け取り、ベッドに寝かせた。

すぐにドアがノックされた。アレッサンドロにどう対処するか考える時間もない。

カリスは湿った両手をスカートにこすりつけながら、狭い部屋を横切った。またノックの音が聞こえると、脚が震えた。

怒りは消え去り、代わって不安と疲労を覚えながら、カリスは掛け金を外し、ドアを開けた。

アレッサンドロが危険なエネルギーを発散しながら立っていた。怒りで燃える目は以前にも一度だけ見たことがあった。長居をすると嫌われる、と冷ややかな口調でカリスに言ったときだ。

だが、いまも彼の強い魅力に引きつけられる。カリスは唇を噛《か》んだ。彼と向き合う強さが欲しい。

アレッサンドロは黙ったまま狭い居間兼キッチンへと入っていった。大柄なのにカリスの体にかすりもしないで。

カリスはドアを閉めた。いまはわたしに触れることも我慢ならないのだ。両手で体じゅうをさわった昨夜となんという違いだろう。

「ぼくの名前をきみの婚外子に使ったな」

カリスが振り向くと、アレッサンドロが覆いかぶさるように立っていた。しかし彼の怒りなどカリスの比ではなかった。

「子どものことをそんなふうに言わないで！」カリスは彼の非難を無視した。

「なんだと？　結局は結婚したというのか？」

「いいえ！　子どもの父親がわたしたちを拒んだのに、どうして夫を捜したりするの？」

「出生証明書にぼくの名前を書いて偽証したのと同じ理由だ。それなりの社会的地位を得るためか、それとも経済的な支援かな」

カリスは彼の非難に打ちのめされた。この傲慢《ごうまん》で魅力的な男性に対して致命的な弱さを持っているかもしれないが、息子のことではえらそうに言われるつもりはない。「レオのためよ。父親が誰か知る権利はあるから」

「恥というものを知らないのか？」

「以前、愚かにも……」カリスはなんとか口をつぐんだ。彼に対していだいていた感情を認め、嘲笑《ちょうしょう》の的になるつもりはない。「あなたを信じていたことを恥じているわ」

だが、カリスはアレッサンドロが聞いていないのがわかった。何か考えこんでいるようだった。

「レオ？　いま、そう呼んだのか？」

「レオナルドよ、あなたのお父さまにちなんで」

父親の一族には拒まれたが、カリスは息子には一族とのつながりを持たせたかった。いつの日か、アレッサンドロが父親にちなんだ名前の息子がいると知って喜ぶと思っていたのだろうか？　だとしたら、わたしはなんという思い違いをしたのだろう。彼はまるで昔の貴族が面倒な奴隷と向き合ったときのような顔をしている。

「よくも――」

「自分のしたことを恥じていないわ」カリスは噛みしめた歯の間から言った。「受け入れることね、アレッサンドロ！」

小さな泣き声が聞こえた。すぐさまカリスは寝室へと急いだ。このままアレッサンドロ・マッターニにののしられるのはごめんだ。

カリスはベビー・パウダーと太陽のにおいのする温かい赤ん坊を抱いた。レオを抱き寄せて目を閉じると、いつもの落ち着きと喜びを感じた。

「ママ！」赤ん坊は手を伸ばし、カリスの顔をたたいた。

カリスは柔らかな頬に鼻をすり寄せた。「ただいま。いい一日だった？」

レオはにっこり笑った。「ママ！」言いながら、母親の後ろにいる男性に気づき、じっと見つめている。

カリスは身動きひとつしなかった。

アレッサンドロがカリスとレオを捜しにやってくるところをずっと想像していた。自分が間違っていた、きみにつらい思いをさせた、と謝るのだ。そしてレオをひと目見るなり、カリスが息子を初めて見たときと同じように気持ちが和らいで……。

だが決してそうはならない。

もし彼がレオに怒りをぶつけたりしたら、耐えられない。カリスは息子をしっかりと抱き寄せた。けれどレオはアレッサンドロを見ようと小さな体を乗りだした。

「ママ!」

「違うのよ。ママじゃないの」パパよ、と一瞬カリスは言いたい衝動に駆られた。だがアレッサンドロの怒りを買うつもりはない。

カリスは背筋を伸ばし、顎を上げ、赤ん坊をしっかり抱いて振り向いた。アレッサンドロがまた軽蔑《けいべつ》するようなことを言ったら……。

しかし、その心配はなかった。傲慢さも怒りも消えていた。両腕を下ろし奇妙なほどじっと立っている。眉を寄せ、まるで初めて赤ん坊を見るようにレオを凝視した。

カリスは思わず息子を抱き寄せ、つややかな髪を後ろに撫《な》でた。レオは、父親と呼ばれるのを拒否した男をひたすら眺めていた。

アレッサンドロの髪もレオのように黒くなめらかだったことを思い出す。目も同じ色だ。もっともレオのきらきら輝く目はいたずら好きの妖精《ようせい》を思わせるが、アレッサンドロの目にはまったく温かさはない。彼はまだレオを見ている。

「いくつだ?」尋ねる彼の声はかすれていた。

「六週間前に一歳の誕生日を迎えたわ」

「早く生まれたのか？」

「いいえ。臨月までおなかにいたわ」どうしてこんなことをきくのだろう？

レオが急に動いた。体をくねらせ、泳ぐようにアレッサンドロのほうへ身を乗りだした。

「ママ！」

レオは目の前の大きな男をつかもうとするように手を開いたり閉じたりした。しかしアレッサンドロは動かなかった。

息子が父親に手を伸ばしている光景を見て、カリスは心臓が痙攣《けいれん》しそうだった。レオは失望することになるのだ。

アレッサンドロは息子を認めないだろう。

ようやくカリスは最後の希望を振り払った。窒息しそうなほど喉が痛かったが、この二年間でいまほど自由だと感じたことはなかった。

しばらくは父親に拒まれた痛みからレオを守ってやらないといけない。父親の分までがんばろう。愛情や励ましや優しさに不自由させたりはしない。

カリスが強く抱き締めると、レオは泣き声をあげた。

「ママ！」

「ああ、ごめんね。おなかがすいたかしら？　何か食べたい？」カリスはその場に釘《くぎ》づけになっているアレッサンドロを無視してドアへと足を踏みだした。「何か食べましょうね」

レオを腰で支えながらキッチンに入ったとき、低い声がした。

「どうして妊娠したか話してくれ」

ふざけているの？　カリスが振り向くと、アレッサンドロがすぐそばに立って息子をじっと見ていた。強いまなざしにカリスは不安になり、レオの頬を手のひらで撫でた。

「いいかげんにして、アレッサンドロ！」怒りでカリスの口はこわばっていた。「どういうつもりか知らないけど、もうたくさん。これで終わりよ」

濃い緑色の目が上がると、カリスは動けなくなった。彼の目の奥で埋《うず》み火《び》が燃えている。たちまちカリスの胃がねじれそうになった。

「違うな、カリス。始まったばかりだ」

不意に彼は部屋を歩きまわりはじめたが、カリスは彼のうつろなまなざしには気づかなかった。

「ぼくの知るかぎり、ぼくたちは昨夜初めて会ったからだ」

# 6

「そういうことか？　ぼくたちはアルプスで会った。きみはスキー場で働いていた。二人は関係を持ち、ぼくはきみを家に招いた」アレッサンドロの口調は淡々としていて、まるで会社の報告書を読んでいるようだった。

何もかもばかげている。女性を家に招いたことなどなかった。ぼくの家に住むのは妻になる女性だけだ。まだその女性とは出会ってもいない。

女性とつき合うときは、深い関係には興味はないと相手にも納得してもらった。

「ぼくたちは一緒に住んだ。だが、うまくいかなかった。それできみはオーストラリアに戻った」アレッサンドロは、カリスが彼の視線を避けたのがわかった。「きみは妊娠していることに気づき、何度もぼくの家に電話をした。やがて義母と話をし、ぼくがこれ以上きみとつき合いたくないと思っていると確信した――そうなのか？」

「そんなところね」

カリスのぞんざいな返事にアレッサンドロの怒りが再燃した。これがどんなに大事なことか、彼女はわかっていないのか？

アレッサンドロはこぶしを握り締めた。知らない人間に記憶を失っていると打ち明けるのはぞっとする。つねに主導権を握っている人間にとって、状況を把握できない事態はあまりにも不安だった。

カリスは子ども用の椅子に座らせた赤ん坊に食事をさせている。アレッサンドロは子どもよりカリスに視線を向けた。彼の目によく似た緑色の大きい目を見ていると落ち着かない。

ぼくの子どもではない。息子ならわかるはずだ。

いつも避妊には気をつけてきた。ぼくにふさわしい花嫁を見つけ、適切な時期に子どもを作るつもりだ。花嫁は聡明《そうめい》で、上品で、ぼくの世界に通じ、セクシーでなければならない。

カリスが頭を下げると、子どもが彼女のほつれた髪を引っ張った。

アレッサンドロの胸の中で何かがひっかかった。

だめだ！　カリスの話を聞いても記憶がよみがえらない。腹立たしいほど何もない。

カリスが子どもを腕に抱き、高々と上げた。動きに合わせ、白いブラウスがぴんと張る。

カリスを見ると、アレッサンドロは所有欲を覚えた。彼女はぼくのものだった。もしカリスの話が本当なら、ぼくの普段の関係とは異なった関係をカリスと共有していたのだ。

彼女に欲望を覚え、信頼し、家に連れていったのだろう。愛人としてしばらく置いておくつもりだったのだろうか？

腿に張りついたタイトスカートや胸のふくらみを包む薄いコットンのブラウスを見ていると、アレッサンドロはそれほどばかげた考えとは思えなかった。赤ん坊がいなかったら、すぐにも昨夜の続きを始めたかった。

突然、目の奥からこめかみにかけて痛みが走った。ときおり痛みがぶり返す。

「大丈夫？」カリスが彼の目をのぞきこんだ。

「なんでもない」アレッサンドロはもみじのようなかわいい手がカリスの胸のふくらみをたたき、ボタンを引っ張るのを見ていた。カリスの手が赤ん坊の手を包む。「どうしてぼくたちが別れたのか、きみはまだ話してくれていない」

「話したくないわ。どうにもならないのに」

「頼む」アレッサンドロは身を乗りだした。

彼は無理な要求をしているが、わたしは話すほかないだろう。好奇心を満たすまで彼は帰らないだろうから。

カリスは彼が記憶を失ったという話を信じた。医者の兄からこのような記憶喪失についてきいたことがある。なぜアレッサンドロが地球の裏側からやってきたのかという説明にもなる。

カリスは唇を噛《か》み、あの不名誉な光景を覚えているのが自分ひとりでよかったと思った。「何も覚えていないの？」かつて二人は心身ともに親密な間柄だった。あるいはそう思えた。

どうして何もかも忘れてしまうのだろう？　彼にとっては少しも大事ではなかったから？

「父の死の七カ月前で記憶が止まっている」

そっけない言葉だった。彼は記憶喪失を弱さだと思っているのだろう。

「きみに会ったことを覚えていない。事故の前に運転していたことも覚えていない。目が覚めたら、病院にいた」

カリスはゆっくりと揺り椅子に腰を下ろした。レオは母親と手をつなぎ、腿の上に立った。その場で足踏みをするのが大好きなのだ。

カリスは震える脚を休ませることができた。アレッサンドロが記憶喪失になるほどひどいけがをしたと思うと、手足が震えた。「まだ事故のことを話してもらっていないわ」

アレッサンドロは肩をすくめた。「ミラノに向けて車を走らせていた。反対車線の車を避けようとしたが、雨で滑ったんだ」

オフィスに行くところだったのだろう。彼はそのほうが仕事がしやすいからと自分で運転する。カリスが去ってからまもないころのことに違いない。

「大丈夫なの？」カリスは胸がどきどきした。「ほかに後遺症は？　痛みは？」

まだ彼に対する思いを完全に断ち切れていない。カリスは彼の強いまなざしから目をそらし、しきりに何か話しているレオを見た。

「まったくの健康体だ」

沈黙が続いたので、カリスは目を上げた。アレッサンドロがじっと彼女を見つめていた。

「運がよかった。裂傷と二箇所の骨折ですんだ」

カリスが鋭く息を吸うと、アレッサンドロは肩をすくめた。

「回復は早かった。数週間、入院しただけだ。問題は記憶を失ったことだ」アレッサンドロはカリスの目をのぞきこんだ。「医者の話では、自然に治るのを待つしかないらしい。ほかに脳の損傷はない」

カリスは後ろにもたれた。どれほど心配しているか自分でもわかった。「そうなの」二人の過去を考えると、この奇妙な会話は現実とは思えなかった。

彼はわたしのことを覚えていないかもしれないが、昨夜は激しい情熱でわたしを誘惑しようとした。どうしてあんなことをしたのだろう？

「それで奥さまは？」カリスは思わず辛辣《しんらつ》な口調になった。「ご一緒ではないようね」

「奥さま？　ぼくに妻がいると思っているのか？」

アレッサンドロが青ざめたように見えたのは気のせいかしら? カリスはためらいがちに口を開いた。「わたしが去ったとき、あなたは独身だった。でもあなたはカルロッタ妃とつき合っていたし、結婚する予定だったでしょう」

もちろんアレッサンドロは自分と同じ金持ちの特権階級の人間としか結婚しない。カリスは思い出し、怒りを抑えた。アレッサンドロの結婚について義母の警告を何度も無視したこと。愚かにも彼が耳元でささやいた優しい情熱的な言葉に希望を託したこと。彼に愛されていると有頂天になっていたこと。

いいえ、違う! カリスは否定した。愛情を持っていたのはわたしだけだった。

「ぼくが単に彼女と会っていただけではないと思いこんでいるようだな」怒っているような口調だった。「それもきみとぼくが一緒に暮らしているときに」

「実際、そうだったわ」カリスは視線をレオに向けた。

「きみは誤解している」アレッサンドロは静かに言った。「ぼくはそんな卑劣なことはしない」

「わたしはその場にいたの」カリスはゆっくり息を吸った。「それにあなたと違って思い出すことができる」

穴のあくほどアレッサンドロに見つめられても、カリスは撤回しなかった。記憶が戻れば、彼は自分に幻滅するだろう。

「真実を知るためには思い出す必要などないんだ、カリス。ぼくは二人の女性と同時につき合ったりはしない。それは恥ずべき行為だ」

そのとおり、恥ずべき行為よ！　カリスは苦々しげな笑いを抑えた。わたしが上流階級の友人たちにはふさわしくないから、ベッドをともにしながらも彼の残りの生活から追いだすのは恥ずべき行為ではないの？　別の女性とつき合いながら、一時的なセックスのためにわたしを利用することは？

わたしは都合のいい、だまされやすい女だった。

カリスはゆっくりと息を吸った。「妊娠したことであなたと連絡をとろうとしたけれど、お義母《かあ》さまからあなたは結婚の準備をしていると言われたわ。前の愛人のために割く時間はないと」

「リヴィアがそう言ったのか？」アレッサンドロが驚いたように言った。「信じられない」

そう、それが問題なの。カリスは胸の内で指摘した。以前も彼はわたしを信じなかった。

「あなたが何を信じようとかまわない」

「リヴィアがカルロッタを気に入っていることは間違いない」アレッサンドロは独り言のようにつぶやいた。「だが、縁談をまとめる？　そんなところまで話は進んでいなかった」

この人の記憶喪失はなんて都合がいいのだろう。カリスは婚約の話を別の情報源からも知った。だが何よりも、彼が魅惑的なカルロッタと一緒にいるところを見て確信した。いま思い出しても、短剣で腹部を突き刺されるようだ。

カルロッタはアレッサンドロをうっとりと見つめていた。アレッサンドロは壊れやすい磁器を扱うように彼女に腕をまわし、彼女の目をしっかりと見つめながら話に夢中になっていた。おとなしく家で待っている愛人などいないとでもいうように。

涙をこぼすまいとカリスは目をしばたたいた。アレッサンドロに妊娠を伝えようと電話をしたときの、リヴィアの言葉が思い出される。

〝本当に自分の子どもなら、アレッサンドロは必要なことをします。けれど、彼が直接連絡をとることは期待しないように〟あなたには弁護団の言う示談金だけで充分よ、とリヴィアは言外に語っていた。〝過去のことは過去のこと。それに、誰が子どもの父親かわかったものではないわ〟

この非難には我慢ならなかった。カリスはリヴィアの言葉を無視した。アレッサンドロの電話におびただしい数の伝言を残し、メールを送って、手紙まで書いた。なんとしても連絡をとりたかった。

数カ月たっても連絡はなく、カリスは彼が彼女ともおなかの子どもとも関係を持ちたくないのだという事実を受け入れた。そして過去に背を向け、養育費を要求することなど考えもせずに再出発をした。あんな父親などいないほうがレオのためになる。

ところが、アレッサンドロはカリスの妊娠を知らなかったらしい。レオを拒否したのではなかった。そして、いまも結婚していない。

いったいどういうことかしら？　カリスは頭がくらくらした。アレッサンドロは物思いにふけっていて、彼女の膝の上にいる子どもなど眼中にないようだった。

わたしにさえ興味を持っていない、とカリスは確信した。わたしは情報源にすぎないのだ。あるいは簡単にものにできる女。

昨夜のことを思い出し、カリスの全身に震えが走った。彼女は決意を新たにして、赤ん坊の生き生きした緑色の目を見た。レオは言葉にならない言葉をつぶやきながら、きらきらと光る目でカリスを見つめ返した。わたしの人生で大事なのはレオだけよ。

アレッサンドロが妊娠のことを知っていたかどうかは問題ではない。問題は二人の激しい情熱が安っぽい情事にすぎず、将来を築くための愛情ではなかったという事実だ。彼がレオに関心がないことが何よりの証拠だ。

カリスはこみあげる苦痛を無視し、レオのためになんとか笑みを浮かべた。「さあ、お風呂の時間よ」息子を抱いて立ちあがると、彼女は急に年をとった気がした。二度までも拒否された悲しみと癒《いや》しがたい苦痛のせいだ。

「ぼくはなぜきみに出ていくように言った？」アレッサンドロがいきなり尋ねた。彼はズボンのポケットに手を深く入れて立っている。

「わたしが自分で出ていこうと決めたの」カリスは顎を上げた。アレッサンドロとカルロッタのことを知り、目からうろこが落ちた。「だけど、あなたはわたしが浮気をした、あなたの信頼を裏切ったと非難したわ」

「浮気？　誰と？」アレッサンドロは眉を寄せた。

「ステファーノ・マンツォーニよ。彼は――」

「彼が誰かは知っている」アレッサンドロは遮り、さらに顔をしかめた。

しばらくしてアレッサンドロが賛成できないというように言った。

「いいやつとつき合っているな」

まさにダブル・スタンダードだわ！　カリスは顎をぐいと上げた。「いい人だと思ったわ。最初は」拒否しても聞いてくれないとわかるまでは。「あなたのカルロッタ妃のいとこだから、立派な人かと思っていた」

「彼女は〝ぼくのカルロッタ〟ではない」

「いずれにしても」カリスは背筋を伸ばした。「レオをお風呂に入れる時間なの」神経がぼろぼろになった。「もう帰っていただけないかしら」

これ以上は耐えられない。彼を送ろうとカリスはふらつく足で玄関へと歩いた。

不意にレオがアレッサンドロに向かってカリスの腕の中から飛びだした。カリスはレオをつかまえようとした。だが、レオは床へとまっさかさまに落ちていった。

「レオ！」

カリスの疲れは吹き飛び、アドレナリンが全身を駆け巡ったが、反応が遅すぎた。

「大丈夫だ」

レオが床に落ちる寸前にアレッサンドロが抱きあげたのを知り、カリスは安堵《あんど》のあまり脚が震えた。

アレッサンドロは体から離すようにしてぎこちなくレオを抱いていた。

レオはスーツに包まれたアレッサンドロの腕をつかんで、さらに近づこうとした。緑色の目と目が合う。レオは目の前の笑わない男性を見て首をかしげた。

やがて雲の後ろから太陽が現れるようにレオは笑みを浮かべた。両手でアレッサンドロの腕をたたき、うれしそうに声をあげた。

なんてこと！　レオは自分に会いたがったことのない男性を好きになったのだ。カリスは急いで腕を伸ばした。「わたしが抱くわ」

アレッサンドロは振り向きもしなかった。ひたすらレオを見つめていた。レオは反応のない男性にいらだって本気で腕をたたいている。

「アレッサンドロ？」カリスの声はかすれた。彼があまりにも熱心に息子を見ているので、不安になってきた。

「できるかぎり早く必要な検査ができるようにする。詳しいことは明日、誰かに電話をさせる」

「検査？」

アレッサンドロはレオを少し近くに引き寄せた。レオはうれしそうな声をあげ、興奮したように何かしゃべっている。そして小さな手を伸ばし、きれいに剃《そ》ったアレッサンドロの顎をたたいた。

「もちろんＤＮＡ検査だ。この子がぼくの息子だというきみの言葉を信じるわけにはいかない」

カリスはまたたく間に気持ちが沈んだ。

以前はアレッサンドロに息子を認知してもらおうと必死で戦った。いまは、突然彼が関心を持ったことに不安を覚えた。

レオはわたしのものだ。もしアレッサンドロが息子を欲しがったら……。

カリスは猛烈に腹が立った。「あなたは人を信用できないのね」

科学的な証明を求めるというのは、わたしに対する侮辱にほかならない。彼の不信はわたしたち二人が共有したものを安っぽいものに変えてしまった。彼と目を合わせたカリスは、彼の不信の大きさにぞっとした。

アレッサンドロは焼きつくすような熱いまなざしをカリスに向けた。「だまされるより信じないほうがいい」

# 7

三日後、カリスはランドフォード・ホテルの特別室に呼ばれた。上司のデーヴィッドの指示だった。

数日前にアレッサンドロがカリスのアパートメントでＤＮＡ鑑定の検査をして以来、カリスは神経質になっていた。

彼女は息を吸い、ゆっくりとエレベーターへと歩いた。きっとアレッサンドロは検査の結果を受け取ったのだろう。不安のあまり、カリスの胃が痙攣《けいれん》した。

レオが自分の子どもだと知ったら、アレッサンドロはどうするだろう？　それが気がかりで、カリスはここ数日、眠れない夜を過ごした。

コンシェルジュが入口で笑みを浮かべて待っていた。数日前に特別室から逃げだしたところを見られたのかしら？　カリスは顎を上げ、笑みを返して中に入った。

贅沢《ぜいたく》な特別室は大富豪かつ重要人物のための部屋だった。カリスが神経質になるのも無理はない。彼女には不釣り合いな部屋だ。

「カリス」彼のかすれた低い声は官能的な愛撫《あいぶ》のように彼女の肌を撫《な》でた。

「アレッサンドロ」カリスはうなずいた。「来るようにとおっしゃいましたか？」

アレッサンドロは小さくうなずいた。

「来てもらえないかと頼んだ」

「そうですか。でも特別室からお声がかかると、スタッフは飛びあがります」カリスは二人の間の隔たりを強調することで、安心感を覚えた。

「かけてくれ」

アレッサンドロはアンティークの机の前にある椅子を指した。

カリスは腰を下ろし、ようやく机の上の書類に気づいた。「結果が出たのね」

「そうだ」

彼の声や顔からは何もわからなかった。

「コーヒーを頼む、ロブソン。それとも――」アレッサンドロはカリスと目を合わせた。

「紅茶のほうがいいかな？」

「どちらもけっこうです」

「ではもういい、ロブソン」アレッサンドロはコンシェルジュが出ていくのを待ってから、カリスのほうを向いた。

アレッサンドロは腕を組み、机にもたれた。彼のコロンのにおいがわかるほど近い。カリスは唇を噛《か》みしめた。彼に離れてほしい。

「何が望みなの?」数日間、彼はなんの連絡もせず、急に呼びだしたのだ。カリスは腹が立った。

「手配をしないといけない。これにきみのサインが必要だ」アレッサンドロは机の上の書類に手を振り、カリスを見つめたままジャケットのポケットに手を入れた。「読んだら、これを使ってくれ」書類の束の横に金色の万年筆を置いた。

カリスは机の上を見た。検査結果ではなかった。番号がついた長い文章が並んでいる。びっしりと入力されたもので、何ページにもわたり法律用語が続いている。

カリスはうろたえ、汗で湿った手を伸ばして書類をめくっていった。最後のページに二人が署名する欄があった。

元のページに戻り、最初の文章に意識を集中しようとしたが、どこを読んでいるかわからなくなる。眼鏡を持ってきていたかしら? カリスはジャケットのポケットを探った。

「これはなんの書類なの?」

カリスを見下ろすアレッサンドロの目が緑色に燃えあがった。

「結婚前の取り決めだ」

「なんですって?」カリスはアレッサンドロのほうを振り向いた。眼鏡が手から滑り落ちる。

「双方の権利を述べた取り決め――」

「結婚前の取り決めが何かということくらいわかっているわ」カリスは大きく息を吸った。

「わたしたちには必要ない。これは結婚する人たちのためのものよ」

そのとき、アレッサンドロが笑みを浮かべた。唇を小さくゆがめただけで、おもしろがっているのか、いらだっているのか定かでない。

「だから必要なんだ、カリス。ぼくたちは結婚するからね」

アレッサンドロがカリスの頬を指で撫でた。頬が燃えるように熱くなり、カリスがなんとか保っていた落ち着きを吹き飛ばした。

「こうするしか方法はない。きみだって、あの子どもがぼくの息子と判明したら、結婚することになると思っていたはずだ」

カリスは呆然《ぼうぜん》としてアレッサンドロを見つめた。それからはっと我に返り、食ってかかった。「あの子ども？　彼には名前があるのよ！」椅子を倒さんばかりの勢いで立ちあがる。「二度とレオのことをそんなふうに言わないで……まるで物みたいに！」

なんと、まあ《マドンナ・ミア》。目は輝き、ふっくらした頬は上気して、怒りのエネルギーを発散している。すばらしい！　子どもを保護するという大事な仕事から気がそれてしまいそうになる。

その瞬間、アレッサンドロの頭から、結婚を決心するための入念な論理は消えてしまい、本能に駆り立てられた。

彼女はぼくのものになる。ほかの女性を受け入れることなどできない。カリスと息子を手に入れるのだ。熱い喜びの波が胸に押し寄せてきた。「もちろん、物なんかではない。彼はレオナルドだ」アレッサンドロは名前を舌で味わうように言った。「レオ・マッターニだ」

利口そうな緑色の目、美しい黒い髪、意志の強そうな顎が目に浮かぶ。ぼくの息子だ。

「違うわ、レオ・ウェルズよ。これからも変わらない。結婚なんてばかげているわ。忘れてちょうだい」カリスは顎を上げ、彼に一歩近づいた。

なんという女性だ！　アレッサンドロは驚いた。猛然と子どもを守ろうとしている。それに愛人としては？　彼はカリスの肌から立ちのぼるシナモンのにおいを吸いこんだ。二人が共有した情熱を再発見するのが待ち遠しい。

だが、まず息子の保護が第一だ。

心の奥深くにある記憶がアレッサンドロを貫いた。彼の母親は振り返りもせずに〝いとしいサンドロ〟を捨てていった。みだらな欲望や金銭欲のほうが息子に勝ったのだ。

カリスは猛然と子どもを守ろうとしている。しかし、アレッサンドロは母親の愛情の弱さを知っていた。それに女性が気まぐれなことも。

息子を保護しよう。息子を守り、決して不自由させないようにしよう。

結婚前の取り決めの条件では、カリスがぼくや息子のもとにいる間は多額の手当てを出すことになっている。これでレオの人生は安定する。

ぼくが望むところに、レオが母親を必要とするところに、彼女をとどめておくことができるのだ。

「息子はレオ・マッターニとして育つ。議論の余地はない」アレッサンドロは拒否するように手を振った。「ほかの選択肢など考えられない」

「考えられないですって?」カリスは腰に手を当て、男の傲慢《ごうまん》な顔をにらみつけた。「あの子は生まれたときからレオ・ウェルズだし、おかげさまで申し分なく育っているわ」

「申し分ないだって?」アレッサンドロは軽蔑《けいべつ》したように首を振った。「ぼくの息子が婚外子として生まれたことが申し分ないのか?」

一瞬、カリスは怒りを浮かべたアレッサンドロの目を力なく見つめた。

本来ならレオは両親のそろった愛情深い家庭に生まれてくるところだった。だがそれは選択肢になかったのだ。

「この世界にはもっとひどいことがあるわ」カリスは静かに言い返し、かつて夢を引き裂かれた苦痛を思い出して、我が身に腕をまわした。

アレッサンドロに妊娠を知らせようとありとあらゆる手を打った。けれども彼が知ったとしても、心から信頼できる男性ではないという事実は変わらない。

「泥棒や売春婦のいるひどい環境で育ちながら、申し分ない状態が続くと思っているのか?」アレッサンドロは片方の眉を傲慢そうに上げた。

「大げさね」カリスはもっといい住居を見つけられない後ろめたさを無視した。「それほどひどくないわ。それに引っ越すつもりなの」

「本当に? きみの給料でいまよりいい住居をどうやって見つけるんだ?」

アレッサンドロの人をばかにした口調にカリスは唇を噛《か》んだ。長期的に見れば、昇進の可能性も充分にある。だけど、しばらくは……。「これからもレオを養っていくわ。ずっとそうしてきたように」

一瞬、アレッサンドロのまなざしが和らいだように見えた。「大変だっただろうな、ひとりでやっていくのは」

カリスは肩をすくめた。詳しい話はしなかった。家族は世界じゅうに散らばっているので、レオが生まれてからも訪ねてくる時間がなかった。その代わり、誕生祝いを贈ってくれた。パースで広告会社の重役をしている姉からは貯金箱。ニュージーランドにいる物理学者の兄からは、当分の間レオが読めない子どもの本の全集。ニューギニアの診療所に勤める兄からは特大の兎《うさぎ》のぬいぐるみ。そしてカナダの父からはアパートメントの保証金。

彼らは遠くから気づかってくれた。それでも孤独を感じたとき、どれほど誰かにそばにいてほしかったか。

カリスは挑むようなまなざしをアレッサンドロに向けた。レオがこの世に生を受けたとき、そばにいる権利のあった男性だ。

だがもう過去のことだ。

「ひとりですることには慣れているわ」両親が仕事に忙殺されていたので、末っ子のカリスはひとりで大きくなったようなものだった。「レオとわたしは大丈夫」

「ぼくの息子には大丈夫というだけでは充分ではない」

カリスは同意したい気持ちと闘った。母親としてはレオに最高の環境と機会を与えたかった。働くシングル・マザーが与えることのできないものを。

「レオに必要なのは愛情と安全な環境よ。わたしが与えるわ」

「もちろん、それはレオに必要だ。だが、きみではなく、ぼくたちが一緒に与える」

彼との距離が縮まった気がして、カリスの心が震えた。「一緒ということはないわ。わたしたちは終わったの」

〝二年前、あなたがほかの女性とつき合い、わたしのことを不誠実だと責めたときに終わったの〟

カリスはそう言いたかったが、胸の内にとどめた。過去に戻っても無益だ。何がレオにとっていいのか、将来に目を向けなければ。

「決して終わったりはしない、カリス」アレッサンドロの声は素肌を撫でるベルベットのようだ。「ぼくたちには子どもがいるんだ」

「だからといって結婚する理由にはならないわ！　あなたはレオに面会し、成長を見守ることができる」それは父親の権利だ。

「面会？」銃弾のように言葉が飛びだした。「ぼくがそんなものを望んでいると思っているのか？」

今度はカリスの想像ではなかった。アレッサンドロは一歩で二人の間の空間を消し去った。まるで難攻不落の砦《とりで》のように眼前にそびえ立っている。

カリスは彼の強烈な存在感に身震いした。

「きみは父親について奇妙な考えを持っているんだな。ぼくはすでに息子が歩みはじめた人生の最初の一年を見逃した。これ以上見逃すつもりはない」白い歯を見せながらきっぱりと言った。

「わたしはただ――」

「きみが言おうとしていることはわかっている」アレッサンドロはカリスをまじまじと見つめた。「レオはぼくの息子だ。ぼくたちは親子だ。息子が地球の反対側で育っているのに、ときおり訪ねるだけなんてごめんだ」

「でも結婚なんて！　ばかげているわ」

アレッサンドロの目の色が濃くなった。「もうひとつの方法がいいらしいな」

「もうひとつの方法？」カリスは胸騒ぎがし、声がかすれた。

「養育権を巡る法廷闘争だ」

# 8

カリスはこぶしを握り締めた。「わたしはレオの母親よ。養育権はわたしに与えられるわ」

「自信があるのか？」アレッサンドロはカリスに同情するように小さく首を振った。「いい弁護士を知っているか？　ぼくの弁護団と同じくらい優秀な」

「まさか……」カリスの声はしだいに小さくなっていった。彼はレオを手に入れるためなら、どんなことでもするだろう。

カリスは彼から離れた。呼吸を整え、考えをまとめたい。胸が締めつけられ、息ができないほどだ。アレッサンドロは間違っている。裁判所が母親から子どもを奪ったりはしない。

でも……。カリスは街を見下ろす巨大なガラス窓の前で止まった。アレッサンドロはとてつもない富と特権を持ち、身内に有力者もいる。

アレッサンドロに戦いを挑むつもり？　心配するには及ばない。わたしはいい母親だ。

レオは元気に育っている。

不意に、荒廃した地域の狭苦しいアパートメント、それにわずかな給料がカリスの脳裏をよぎった。不利になるだろうか？

アレッサンドロは養育権を獲得できなくても、欲しいものを手に入れるだろう。面会したあと、レオを返してくれなかったらどうするの？　イタリアに連れていかれたら？

お金も力もないわたしにはどうすることもできない。カリスは身を震わせた。悪夢だ。

かつて愛した男性はわたしを脅迫したりしなかっただろう。だが、彼はもういない。アレッサンドロには二人が幸せだったときの記憶がないのだ。

「できれば二人で話し合いたい、カリス」

すぐ後ろから低い声がし、カリスは飛びあがった。

「法廷闘争は避けたい」

わたしに感謝をしろというの？　怒りがこみあげてきたが、カリスはなんとか抑えた。

「それはそれは！　ほっとしたわ」

長い指がカリスの肩をつかんだ。服を通して熱が伝わってくる。抵抗しようとしたが、彼の手は強く、カリスは振り返った。

彼の目に浮かんでいるのは同情だろうか？

カリスはまばたきをした。幻影は消えた。彼の顔は険しく、力強かった。

「わたしたちの生活にぶらりと入りこみ、みんなを踏みつけにできると思っているのね。まるで自分だけがなんでもわかっているみたい」カリスは背筋を伸ばした。「あなたの要求は理不尽だわ。なんの権利もない――」

「父親の権利がある」

冷ややかな言葉に遮られ、カリスは沈黙した。

「いいか、カリス。ぼくたちの息子の育て方について決定権を持っているのはもうきみだけではない」

ぼくたちの息子――カリスの怒りに冷水を浴びせる言葉だった。

「きみに結婚を申しこむ。きみは地位と富と安楽な生活が手に入る、それに……」アレッサンドロは言葉を切った。「ぼくたちの息子のための家庭も。息子は両親のもとで育つ。安全で安定した家庭でね。反対する理由がどこにある？」

「わたしたちは愛し合っていないのよ。どうして結婚など――」

「ぼくたちの子どもを育てるためだ」

カリスは彼の手から体を引き離したかったが、じっと見つめられ、動けない。

「これ以上すばらしい理由はない」

愛情以外はね。小さな声がカリスの耳でむなしく響いた。カリスはそれを無視した。二年前にロマンスを夢見ることはやめてしまった。それでも、子どものために結婚するのだと当然のように話すアレッサンドロの言葉に落胆した。愛していない男性とどうして結婚できるだろう？

「ただし……」一瞬アレッサンドロは手に力をこめ、それから離した。「ここで誰かを好きになっていたら別だが」

カリスはためらい、それを口実にしたかった。だが嘘《うそ》をつくことはできない。彼女は首を振り、一歩下がって、顔をそむけた。

「けっこう。それなら断る理由はない」

「でも、もし……」カリスは口をつぐんだ。

「もし？」

彼のささやくような声にカリスは身震いした。しばしの沈黙のあと、彼女は言葉を継いだ。「いつの日か、あなたが愛する人に出会ったら？　結婚したい人と会ったら？」

「それはない」アレッサンドロはきっぱりと答えた。

「そんなことはわからないわ」

アレッサンドロの官能的な美しい唇の端が上がり、皮肉な笑みが浮かんだ。「いや、わかるんだ」

彼に見つめられ、カリスは胸を締めつけられた。

「ロマンチックな愛情など欺瞞《ぎまん》だ。恋をしていると思うのは愚か者だけだ。ましてそのために結婚するのは」

カリスはかつて理解していると思っていた男性をじっと見返した。思いやりがあり、機知に富み、洗練され、そして何よりも情熱的だった。女性が夢に見る恋人だった。

これまでもアレッサンドロが彼の中の何かを隠していることはわかっていた。二人が親密になっても、心の奥深くに打ち解けないものがあった。孤独感のようなものだ。彼の父が亡くなってから孤独感は強まり、アレッサンドロは仕事に没頭した。それでもカリスは彼の魅力的な外見の下にこれほど固い不信の種を見つけたことがショックだった。

以前からこうだったの？ それとも彼が体験したトラウマのせいだろうか？

信じられないことに、カリスは彼に触れたいと思った。

それで？ 慰めるの？ 思いやりを見せるの？ 愛情も？

だめ！ カリスは彼が引き起こす強い感情に驚いた。触れようとして上げた手をそっと下ろす。

「結婚は義務だ」アレッサンドロはカリスの反応に気づいていなかった。「愛情のための結婚など問題外だ」

あざけるような口調にカリスはたじろいだ。ほかの女性に対する関心を彼はどう考えるのだろう？ 結婚しても、ほかの女性とはつき合うだろう。アレッサンドロはセックスを楽しむ男性だ。

「結婚は一生続けるものだ」アレッサンドロの言葉がカリスの思考を遮った。「離婚はしない」

「終身刑ね」

「それほどつらいものにはならないよ、カリス」

かすかに蜂蜜《はちみつ》の味がする彼の言葉に、カリスは目を閉じて自分の弱さと闘った。「わたしが誰かを好きになり、離婚を望むことは考えないの？」

緊張が漂った。

「離婚はない」彼はきっぱりと答えた。「きみが誰かを好きになることについては……」

不意にアレッサンドロはカリスの前に来ると、彼女の顎に手をあてがって顔を上向かせた。カリスは彼の緑色をした目の中に落ちていくようだった。彼が身を乗りだすと、腹部が燃えるように熱くなる。

だめ！　二度とばかなまねはしない。もう一度わたしを誘惑できると思っているなら、大間違いだ。カリスは彼の手から離れた。「ご心配なく。わたしが誰かを愛することはないから」

アレッサンドロの目に好奇心が浮かんだ。すぐにまぶたが下がり、表情を隠した。

「けっこう。互いに理解できた」

「待って！　わたしが言っているのは――」

「契約書を読んでおいてくれないか」アレッサンドロは机の上の書類を指し、向きを変えた。出かけたがっている。「取り決めが書いてある。ぼくが言ったことをよく考えるんだ、カリス。答えを聞きにすぐに戻ってくる」

とうとうカリスは摂政時代風の優雅な机へと近づいた。文字がぎっしりと並ぶ書類はアレッサンドロの優位を示す証拠だった。

結婚など考えていない。本当に？　不安になり、カリスは湿った両手を握り締めた。たとえアレッサンドロでも結婚は無理強いできない。

彼は裁判で養育権を得ることに望みをかけているが、たぶん裁判の話ははったりだろう。彼は裁判で争ったりしないはず……。

翡翠《ひすい》色の短剣のように光る彼の目をカリスは思い出した。いいえ、彼は争うだろう。息子を得るために。

彼女は書類を引き寄せた。眼鏡をかけ、読みはじめた。三ページ読むころにはパニックを起こしそうになった。二十分間、集中して読んだが、それでもわからないところがある。

何日も眠れない夜を過ごし、精神的にも疲れ果てていた。たとえ万全の体調でも、識字障害のあるカリスには文字のつまった文書を読むのは難しかった。でもいまは……カリスは唇を噛《か》んだ。

レオの将来がかかっているというのに、息子を守ることができないなんて！

カリスは両手で机をたたき、椅子を後ろに押した。技能や知性など関係ない。ただ疲れとストレスで無力になっているだけだ。それに、結婚前の取り決めはレオに関することではない。カリスとアレッサンドロの権利について書いたものだ。

最後のページを見ると、離婚の場合は、アレッサンドロの資産を受け取ることはないとあった。カリスは安堵《あんど》で胸がいっぱいになった。これが契約書の核心だった。

とはいえ、頭の中では警鐘が鳴らされていた。署名する前に弁護士に読んでもらったほうがいい、と。

とんでもない！　アレッサンドロ・マッターニとの結婚を少しでも考えるなんて正気の沙汰《さた》ではない。逃げだすのよ！　たとえ便宜上の結婚でも、彼はあなたの世界をめちゃくちゃにする力を持っている。

とはいえ、これはわたしのことではない。レオのことだ。レオには両親を持つ権利がある。熱い涙がこみあげ、カリスはまばたきをした。そして背筋を伸ばした。

カリスに選択権はなかった。こわばる手で万年筆を取り、最後のページを開ける。

カリス・アントワネット・ウェルズ。このような仰々しい書類にはフルネームがふさわしい。

署名を終えて万年筆を置くと、カリスはゆっくりと立ちあがった。老女のように体がこわばり、心は重かった。

かすかな声に注意を引かれ、アレッサンドロは書類から顔を上げた。

このところ仕事に集中するのが難しくなっていた。息子がいることがわかり、妻をめとろうとしているのだから、当然だ。

全身に喜びが走った。レオのことを思って。そして驚いたことに、まもなくカリスが妻になることを思って。

アレッサンドロは自嘲《じちょう》するように口もとをゆがめた。二年間の禁欲生活のせいで性衝動が研ぎ澄まされている。カリスが彼のベッドに横たわり、濃い褐色の髪が広がっている光景を何度も思い出したせいもある。

事故のあと、彼の性的な欲求は休眠状態だった。最初のころは心身の回復のことだけを考えた。その後の数カ月間は、破綻《はたん》しかけた一族の会社を立て直すために多難な時期を送った。

それでも時がたつにつれ、根本的な何かが変わったことにアレッサンドロは気づいた。誘惑は多かったが、美しい女性をベッドに誘うどころか、デートをするエネルギーさえなかった。

これまでは女性とのつき合いを積極的に楽しんできた。二十二カ月間の禁欲生活などありえなかった。けれども、いまはすべてが正常な状態になった。たえず下腹部に痛いほどのうずきがある。彼はカリスが引き起こした欲望を抑えようとした。だが、どうしても口もとに期待の笑みが浮かんでしまう。

また声がした。泣き声だ。振り向くと、レオが母親の腕の中で動いている。カリスは子どもを客室乗務員に預けず、抱いてベッドに横になった。

いま息子がごそごそと動いている。

アレッサンドロは息子の活発な動きを見ていた。自分に子どもがいること自体、驚きだった。緑色の目と目が合うと、レオは動きを止めた。

「バ」レオが口を開いた。「バ、バ、バ」

アレッサンドロはノートパソコンをわきに押しやった。「違う。パパだ」

「ババ！」

レオが小さな腕をアレッサンドロに伸ばした。息子が利口なことは間違いない。

アレッサンドロは立ちあがり、息子をベッドから抱きあげた。ひとりっ子だったので、子どもの相手をした経験はほとんどない。だが、息子のためにすぐに要領を覚えるだろう。

アレッサンドロは乳母と家庭教師に育てられ、そのあとも自立心を養うための厳しい生活を送った。息子を甘やかすつもりはないが、できるだけ一緒に過ごすつもりでいた。

息子をさらに高く抱くと、赤ん坊と太陽とタルカムパウダーのにおいがした。「パパだよ」小さな声で言い、息子の額にかかった黒い髪を後ろに撫《な》でた。

「パパ！」レオが笑った。

それに応《こた》えるようにアレッサンドロの口もとにも笑みが浮かんだ。「おいで。もっと知り合わなければな」アレッサンドロは椅子のほうを向いたが、ふと立ち止まり、カリスに目をやった。眠っているカリスは穏やかで、優しくて、魅力的だった。

美しい女性たちを見てもその気にならなかったのに、カリスを見ているだけで、欲望がわき起こり、下腹部が熱くなる。

子どもの母親だということが間違いなく刺激になっている。だが、レオのことを知る前からカリスに欲望を覚えた。写真で初めて知ったときからだ。

どうしてカリスは違うのだ？　彼女はぼくに挑み、駆り立て、怒らせるから、キスをして屈服させたくなる。カリス・ウェルズの持つ何かが、彼女はほかの女性とは違っていると思わせる。

違っているだって！

ほかの男とつき合っていることを知られ、ぼくのもとを去ったと言っていた。ステファーノ・マンツォーニだ。レオナルド・マッターニの死後、アレッサンドロの会社をねらっていた男。カリスがステファーノとつき合ったと考えるだけで、吐き気がする。二人は関係を持ったのだろうか？

それに、カリスがメルボルンで結婚前の取り決めを子細に読んでいたときの様子。彼女もほかの女性と同じだ。夢中になって読んでいたので、ぼくが戻ったことにも気づかなかった。

異議を唱えることもなく、すでに署名をしていた。彼やレオと暮らしている間に支給される手当ての額を知ったとたん、えさに食いついたのだ。

支給額の多さに顧問たちは動揺したが、アレッサンドロは自分が何をしているかわかっていた。レオに母親がずっとついているようにしたのだ。アレッサンドロの息子は母親に捨てられたりはしない。

そう、カリスは不思議な魅力を持っているが、ほかの女性と違ってはいない。だが埋め合わせはしてくれるだろう。

アレッサンドロは投げだされた手足と官能的な口から息子の丸い顔に目をやった。

ぼくは正しい決心をしたのだ。

アレッサンドロが向かったのはコモ湖に近い丘陵地帯の彼の家ではなかった。カリスは安心していいのか驚いていいのかわからなかった。すっきりとした現代建築の家が好きだった。

いま、車高の低い車は家族の住む大邸宅へと走っていた。彼と暮らしている間、一度も招待されなかった邸宅だ。

わたしは彼の家族にはふさわしくなかった――そう思うと、胸に氷の塊がつまっているのを感じる。車は砂利を敷いた広い私道へと入っていった。

芝生や庭の花壇、美しい植えこみを通り過ぎると、目の前に湖のすばらしい景色が見えた。左手に邸宅が静かに立ち、右手にはコモ湖が広がっている。藍《あい》色の湖の周囲には小さな町や太陽に照らされた坂道が見える。

カリスの傍らにはアレッサンドロが黙って座っていた。百九十センチ近いイタリア人が不機嫌にしている。家族の邸宅にカリスを連れてきたことをどう思っているかは明らかだった。

そのことがカリスの心を酸のようにむしばんだ。以前のわたしはふさわしくなかった。いまは後部座席にレオがいるから、マッターニ家の邸宅に入ることができる。

「立派な家ね」カリスは不快な考えを追い払った。疲れているせいだ。

「そうかな?」アレッサンドロは肩をすくめた。「ぼくは過剰だとずっと思っていた」邸宅の片方の端を指した。柱やバルコニー、アーチのある窓、それに小塔のようなものまである。

「そんなふうには思わなかったわ」カリスは銀色のまじったピンク色の正面に目をやり、古風な趣を出すための工夫やけばけばしい仕上げを見ていった。アレッサンドロの言うとおりだ。「言われてみると、少し大げさで凝りすぎていて、年を重ねたショーガールみたい。でも、魅力的だわ」

大きな笑い声にカリスは振り返った。アレッサンドロが身を反らして笑っている。カリスの驚いたような目を見てさらに大きな笑みを浮かべた。すばらしい思い出がよみがえるようだ。カリスの心臓が跳ね、体の中まで熱くなる。

「図星だな。ぼくはそんなふうに表現したことはないが、そのとおりだ」彼の目が同意と喜びに輝いている。「リヴィアには聞かせられないがね。この家は彼女の誇りだから」

「リヴィア?」カリスはいぶかしげにきき返した。たちまち喜びの波が引いていく。「お義母《かあ》さまはここにいらっしゃるの?」

「もう住んでいない。ミラノかローマにいる。だが、そのうちに会うことになるだろう。きみがすべきことについて助言してくれるはずだから。知っておかないといけない社交上の背景なども教えてくれる」

あなたからは教えてもらえないの? カリスは胸の内でつぶやいた。「そんな必要があるの?」彼から目をそらし、シートベルトを外す。「きっとお忙しいわ」それにリヴィアはわたしが好きではない。

「ぼくの花嫁を助ける時間は充分にある」アレッサンドロは冷ややかに答えた。リヴィアにとっては楽しみではなく義務だと言っている。

「楽しみにしているわ」カリスが顔をそむけると、すでにドアが開いていた。コンシェルジュの服を着た男性が頭を下げ、カリスが降りるのを待っている。

「ありがとう《グラッツィエ》」カリスは錆《さ》びついたイタリア語を引っ張りだした。

男性はほほ笑み、さらに深く頭を下げた。「よくいらっしゃいました、マダム。わたくしはパウロと申します。おいでいただいてうれしいです」

パウロのイタリア語を理解できてカリスはうれしかった。車から降りた彼女は、ためらいがちにイタリア語を試してみた。パウロが快適な邸宅の生活について話し、彼女はそれに応じた。イタリア語を話すのは二年ぶりだ。

カリスはパウロに導かれて車から離れたが、彼女を待っているアレッサンドロを見て足を止めた。彼はまだ眠っているレオを腕に抱いている。ハンサムな父親の広い肩にもたれて眠っている息子を見た瞬間、カリスは心臓が止まりかけた。

そのとき、アレッサンドロが小さな声で言った。「きみの魅力を振りまき終わったら、中に入ろう」

カリスは戸惑いながら、彼の刺すような目を見た。

「きみは結婚するのだから、もうほかの男を引きつける必要はない」彼の断固たる口調は冗談ではないと言っていた。「ぼくの妻には非難の余地がないように振る舞ってほしい」

「わたしが彼の気を引こうとした――そう思っているの?」カリスは驚いたように尋ねた。

まるでアレッサンドロは嫉妬《しっと》しているようだ。そんなばかなことはないと思いながらも、彼の目が非難するように光るのを見て彼女は困惑した。

きっとわたしの想像にすぎない。いまのアレッサンドロはわたしをレオの母親としてしか見ていない。息子の存在に気づいてから、わたしに触れてもいない。彼はわたしではなく、レオが欲しいのだ。

「中に入って、息子を寝かせよう」アレッサンドロはカリスの問いを無視した。「疲れただろう。午後の予定に備えて休むといい」

「午後の予定？」カリスは困惑して首をかしげた。

「リヴィアがウエディングドレスの採寸の手配をしてくれた」アレッサンドロの口もとに笑みが浮かんだ。「ぼくたちは週末に結婚する」

# 9

四時間後、カリスはオートクチュールのデザイナーを待っていた。不安で手に汗がにじんでいる。カリスが仕事で会ったことのある一流のデザイナーたちは皆、人を見下しているような感じがした。人並みの背丈と顔に、時代遅れの丸みを帯びた容姿のカリスを見て、流行のファッションとは無縁の人間だと察したのだろう。

これから来るデザイナーは最悪の事態を知っている。アレッサンドロがメルボルンで採寸するように言い、写真をつけてミラノに送っていた。

カリスは応接室を歩きまわりながら思った。約束の場所がこれほど立派な部屋でなければいいのに、と。居心地のいい小さな池から宮殿に連れてこられた醜いあひるの子になった気分だ。

既製のドレスですませることができたらどんなにいいか。

カリスがそう言ったときのアレッサンドロの驚いた顔を思い出し、吹きだしそうになった。マッターニ伯爵と彼の花嫁のためには格式の高い盛大な結婚式を挙げないといけない。

手っ取り早い民事婚など許されないのだ。

巨大な両開きの扉にノックの音が響き、パウロが告げた訪問者の名に、カリスの口もとがこわばった。リヴィアはどうしてこんなまねができるの？　よりによって彼女を選ぶなんて。

「シニョーラ・ウェルズ？」

穏やかな声が聞こえ、カリスはぎこちなく振り返った。記憶にあるままの女性が立っている。ほっそりとして気品があり、小妖精《ようせい》を思わせる美しい顔に大きな黒い瞳。さりげない優雅な服とみごとな真珠が彼女の上品な魅力を引き立てている。

「カルロッタ妃《プリンチペッサ・カルロッタ》」カリスの口から低くかすれた声がもれた。

本当にわたしがこの女性の手助けを受けると思っているの？

「カルロッタと呼んで」

彼女のほほ笑みは温かく、低い声は魅力的だった。とても親しみやすく見えることにカリスは驚いた。アレッサンドロが選んだ花嫁を助けようとしているのがわかる。立場が逆転していたら、カリスはこれほど快活には振る舞えないだろう。

「失礼だけど」カルロッタは数歩離れたところで足を止め、心配そうに眉を寄せた。「大丈夫？　とても顔色が悪いわ」

カリスは全身から血の気が引いているのがわかった。椅子の背を握り締め、なんとかまっすぐ立っていた。「わたしは……」

夫の元恋人に会って驚いているの？　それともまだ恋人同士なの？　そう思うと、膝から力が抜けていき、カリスはいきなり腰を下ろした。後ろにアンティークのソファがあって助かった。

「具合が悪いのね。人を呼ぶわ」

「必要ないわ！」カリスは大騒ぎになると思うと、ぞっとした。「時差のせいです。数時間前に着いたばかりなので」ゆったりした寝室でも眠ることができなかった。

「ごめんなさいね、シニョリーナ、でもそれだけとは思えないわ」

カルロッタ妃はとても鋭い。とうていごまかせそうにない。「お座りになりませんか？」

カリスは喉の奥から絞りだすように尋ねた。

カルロッタは流れるような優雅な動きで向かい側に腰を下ろした。

カリスは自分が田舎者のように感じられた。膝の上で手を組み、ゆっくりと息を吸う。

「本当はあなたにお会いしたショックのせいです」カリスの言葉に、相手は不思議そうに首をかしげた。「二年前、あなたがアレッサンドロと一緒にいるところを見たの」

やめなさいと自尊心が叫んでいる。けれどもカリスはほのめかしたり、秘密めかしたりするつもりはなかった。率直に話すことが夫の洗練された環境に合わないとしたら、それはしかたがない。

「わたしはアレッサンドロとつき合っていました」カリスの声は緊張で細くなった。「でも、彼があなたと結婚するつもりだということを知ってしまったの」とうとう言ってしまった。もう隠れる場所はない。

カルロッタの口が開き、目が大きく見開かれた。ショックを受けている。近くで見ると、やつれて、弱々しげに見えた。

「あなただったの？　誰かいると思っていたけれど、アレッサンドロはひと言も言わなかった」

「ええ」カリスの口の中に苦いものが広がっていった。「アレッサンドロはわたしを誰とも会わせなかったから」

「あなたは誤解しているわ」カルロッタは身を乗りだし、片方の手を伸ばした。

「いいえ、プリンチペッサ。知っています」

「お願い、カルロッタと呼んで。それにアレッサンドロとわたしは結婚するつもりなどなかったのよ」

意外な言葉にカリスは体をまっすぐに起こした。

「恋人同士でさえなかったわ」カルロッタは続けた。「わたしたちは友だち以上だったことはないの」

カリスは黙っていた。〝友だち〟という言葉はそれ以上を意味することがよくある。

「わたしを信じて、シニョリーナ――」

「カリスです」不意にカリスは言った。いまは礼儀などどうでもよかった。

「カリス」カルロッタはためらいがちにほほ笑んだ。「結婚の計画なんてなかったのよ。ただ、わたしたちがまだ十代のころ、家族同士でそういう話が出たことはあった。でも具体的な話になったことはないの。アレッサンドロとわたしは……」彼女は肩をすくめた。

「一緒に育ったけれど、特別な火花が散ったことはなかったわ。わかるでしょう?」

カリスにはわかった。アレッサンドロがカリスの中に散らした火花は、またたく間にすべてのものを焼きつくしてしまった。カリスの疑念も、生まれ持った思慮深さも、防備も。

ああ、でもすばらしかった。思い出すだけで、冷えた体が熱くなる。

カリスはカルロッタの真剣な顔をじっと見た。本当だろうか?「でもリヴィアが……」

カルロッタはうなずいた。「リヴィアはアレッサンドロとの結婚を勧めたわ。わたしの家族も、この結婚はわたしたちのためになると思ったのね」

彼女のためらいがちな口調が気になり、カリスは尋ねた。「わたしたちのため?」

「事業よ」カルロッタは肩をすくめた。「アレッサンドロのお父さまが亡くなったあと、倒産寸前だったでしょう」

カリスは知らなかった。厳しい状況だとは思っていた。だがカリスが手助けを申し出るたびに、アレッサンドロは彼女から離れていった。

「合併の話があったし」カルロッタは自分の手を見下ろした。「わたしも大変な時期だったので、家族はアレッサンドロとの結婚がわたしの救いになると思っていた」

「ごめんなさい。よくわからなくて」

カルロッタは顔を上げ、カリスをまっすぐに見つめた。「拒食症から立ち直りかけていたところだったの」

恐ろしい病気だが、誰がかかってもおかしくない。

「二年前のあのときは、ようやく退院できたばかりだった」カルロッタはかぶりを振った。「アレッサンドロが粘り強く支えてくれたので、社会に出ることができたのよ。彼自身、最悪の時期だったのに、時間を見つけては助けてくれたわ」

「彼と一緒にいるところを見たわ」無意識のうちにカリスは口を開いていた。「町のホテルで。あなたは金色のロングドレスを着ていた。妖精のプリンセスのようだった」物陰に立ってきらびやかな世界を見ていたカリスは、あのときほど孤独を感じたことはなかった。

「あの夜のことは覚えているわ」カルロッタはうなずいた。「ドレスはずいぶん仕立て直さないといけなかった。でも、長袖《ながそで》のロングドレスは最悪の状態を隠してくれた」

「わからなかったわ。息をのむほどきれいだったし」カリスはカルロッタの話を理解しようとした。だから、アレッサンドロはあれほどカルロッタを守ろうとしているように見えたの？　だけど、なぜ話してくれなかったのだろう？

「信じていないのね」

カリスが顔を上げると、カルロッタと目が合った。「信じるわ。ただ……リヴィアの話が……」リヴィアはアレッサンドロが彼と同じ社交界の女性と婚約したと言った。カリスとつき合っているのは身を落ち着ける前の遊びおさめにすぎないと。

「リヴィアは結婚をとても望んでいた。会社が倒産したら、彼女の財産にも影響があるでしょうからね」

リヴィアが必死だった？　いつも自信満々に見えただけに、カリスは意外に思った。

「婚約のことはほかからも聞いたわ」ゆっくりと言う。「あなたのいとこのステファーノ・マンツォーニに会ったの」

「ステファーノを知っているの？」

「よくは知らないわ。コーヒーをごちそうになり、車で家まで送ってもらっただけ」カリスがアレッサンドロに幻滅したと言うと、ステファーノがそれを誘いと受け取ったことは黙っていた。

「ステファーノはあの合併を望んでいた。合併がないとわかると、敵対的買収にねらいを定めるようになった。でもうまくいかなかった。彼はアレッサンドロの足もとにも及ばないわ」

カルロッタの誇らしげな口調に、カリスは注意深く彼女を観察した。けれどもそこには所有欲はみじんもなかった。

「アレッサンドロとの友情があなたを傷つけてしまったのね。わかっていたら……」

「あなたのせいじゃないわ」カリスは思わず身を乗りだした。直感でカルロッタの話を信じた。家族の財産を守りたいリヴィアが、突然現れた外国人女性を追い払おうとしたのだ。最悪の敵がリヴィアを簡単に信じた自分自身だったことに気づき、カリスは自己嫌悪で気分が悪くなった。

アレッサンドロがよそよそしくなったのは確かだ。しかし、カルロッタの言葉が正しければ、彼はカリスを裏切ってはいなかった。

胸が高鳴った。彼が誠実だったことがわかり、カリスはうれしかった。二人の恋は終わったとしても、尊敬できる男性と結婚するのだ。

「でも、いまは何もかもうまくいっているのでしょう?」

カルロッタの優しい笑みを見ると、カリスは否定などできなかった。

「うれしいわ。アレッサンドロは幸せにならなければ」カルロッタは立ちあがった。

そのとき、カリスは椅子に立てかけてある画帳に初めて気づいた。

「これで、ウエディングドレスの話ができるわね。気に入ってもらえるといいけど」

アレッサンドロはゆっくりと受話器を置き、不機嫌そうに眉を寄せた。言い訳を並べるリヴィアの声がまだ耳に残っている。

オーストラリアにいたとき、義母と連絡をとることができなかった。最後には、婚約者を連れて帰るので、式の準備を始めてほしいとだけ伝言を残した。

まだ怒りがおさまらない。事故に遭う前にカリスと暮らしていたのに、昏睡《こんすい》から覚めても彼女のことを話してもらえなかったのだ。リヴィアは使用人たちにも口止めしていた。

彼は立ちあがり、部屋を歩きまわった。

リヴィアの説明を聞いても怒りが和らぐことはなかった。カリスが金目当てで裕福な男を誘惑していると リヴィアが思っていることも、カリスが出ていってしまったことも、問題ではなかった。

話してくれるべきだった。

カルロッタとの結婚に関するリヴィアの話など、なんの意味もない。一族の経済状態を支えるための安易な方法をリヴィアが探していることくらい、言われなくてもわかっている。

アレッサンドロは顎を撫《な》でた。カルロッタの件でカリスが裏切られたと思いこんだこともこれでわかった。リヴィアがカルロッタとの友情を大げさに吹聴《ふいちょう》したのは間違いない。

アレッサンドロは机に戻った。リヴィアの話でいちばん大事なことを無視できなくなった。

リヴィアは二人の関係が軽い遊びだったとほのめかした。彼がカリスを家にとどめ、社交会の招待を断っていたからだ。

だが、アレッサンドロは不思議に思った。これまでたくさんの女性とつき合ったが、公の場に連れだすのがいやだったことは一度もない。女性とのつき合いは社交界の催しに伴っていくためでもあった。社交の場に出かけるよりカリスと家にいるほうを好んだという話を思い出すと、肌がぞくぞくした。

思いつく理由はひとつだが、信じられなかった。

その理由とは、彼女に夢中になるあまり、ほかの人間に紹介したくなかったからにほかならない。

興味を持ったものに集中するという能力は、アレッサンドロの成功の秘訣《ひけつ》だ。子どものころは玩具《がんぐ》を、大人になってからも自分が好きだと思ったものを離さなかった。アレッサンドロはかぶりを振った。真剣な関係は持たないようにしてきた。ロマンチックな愛情など信じていない。そんなものはありえない。

とはいえ、本能は別のことを語っている。

答えの鍵《かぎ》を握るのはカリスただひとりだ。

カリスの家族との関係にも当惑させられた。誰も結婚式に出席しないようだ。アレッサンドロが知る家族とは違う。カリスは誘惑であり謎《なぞ》だった。

アレッサンドロはドアへと歩いていった。

カリスは広い応接間にいた。座り心地の悪いアンティークのソファの端にもたれかかっている。淡い青緑色のスカートにビーズを施したブラウスを着て、髪をポニーテールにしたカリスは、さわやかなそよ風のようだ。彼はゆっくりと近づいていった。

しかし、カリスは動かない。ソファにもたれたとたんに眠ってしまったらしい。ビーズのついた片方のサンダルがいまにも足から落ちそうだ。もう片方は脱げている。ほっそりとした形のいい足が目に入った。ピンクのペディキュアがなぜか気を引く。

足首からふくらはぎ、膝、そしてスカートがしわになっている腿へと視線が上がるにつれ、腹部が熱くなってくる。

ランドフォード・ホテルで彼女を壁に押し当てたときの、しなやかな脚の感触を、アレッサンドロは思い出した。それに興奮したときの麝香《じゃこう》のにおい。彼を求める泣き声。思い出すだけで、下腹部が張りつめ、応じる用意はできた。だが、アレッサンドロは耐えた。リヴィアの話が彼を思いとどまらせた。

事故の前、カリスがそれほど大事な存在だったはずがない。愛情や女性の貞節など信用できないことはとっくに学んでいた。ほかの男と関係したので、出ていくように言った女性だ。それでも……。

アレッサンドロは首を左右に振った。彼はいま、荒れ狂う感情の海に漂っていた。カリスに会うまでは、彼の人生に感情の入る余地はなかった。

メルボルンからの飛行機の中でカリスは数時間眠っていたが、それでも目の下に隈《くま》ができている。

アレッサンドロは考える間もなく、カリスを抱きあげた。胸に引き寄せると、温かい波のようになじみのある感覚がこみあげてきた。以前にも彼女を運んだことがある。体が知っていた。

アレッサンドロはドアへと向かった。ベッドのほうがよく休めるだろう。彼女を客用の寝室に連れていってから、レオの様子を見に行こう。

彼は中央の階段へと急いだ。飛行機の中でレオと二人で過ごしたことで、ますます息子と一緒にいたいと思った。

階段をのぼりきったところで、カリスが目を覚ました。カリスの口もとに眠たげな笑みが浮かぶと、アレッサンドロの体はかっと熱くなった。星のように輝く目を見たとたん、欲望が爆発した。その瞬間、主寝室へと向きを変え、足を速めた。

たちまち優しい笑みが消え、彼女の目に恐怖が浮かんだ。カリスは下りようともがいた。

アレッサンドロの腹部の熱もまたたく間に冷めた。足を止めた。こんな目で彼を見た女性はいない。

「何をしているの？」カリスはとがめるようにきいた。

「ベッドまで運んでいるんだ。きみは休まないといけない」

その言葉が逆効果となり、カリスは緊張した。目は怒りで燃えている。「いいえ！　レオに会わないといけないわ。あの子は――」

「ぼくたちの息子は……有能で優しいスタッフが面倒を見ている」カリスが話すより先に、アレッサンドロは言い添えた。「長期的には、これからずっとレオの世話をしてくれる専門の人間を見つけなければいけないが」

カリスは大きく息を吸った。「歩くわ」

「もうすぐ着く」アレッサンドロはまた客用の寝室へと進んだ。彼女が緊張するのがわかった。不安なのか？　苦痛なのか？

アレッサンドロは今日の午後のことを悔やんだ。

「すまなかった。まさかウエディングドレスのデザイナーがカルロッタだったとは」アレッサンドロはぎこちない口調で言った。謝ることには慣れていない。「ぼくもあとで知ったんだ」

カリスが恋敵だと思いんこでいる女性を送りこんだのはリヴィアだ。リヴィアがこれほどひどいことをするとは。アレッサンドロはいまだに信じられない思いだった。

今後、結婚式の準備はすべてぼくのスタッフに監督させよう。義母には結婚式に参列して花嫁にキスをしてもらうが、それ以上のことは頼まない。

「いいの……」カリスはすぐに言った。「有意義な話ができたわ」一瞬、アレッサンドロと目を合わせ、それから彼を突き放すかのように顔をそむけた。

カリスは謝罪を受けてくれないようだ、とアレッサンドロは思った。「カルロッタはすばらしい仕事をしてくれる。イタリアの才能豊かな新進デザイナーのひとりだ」

「そうでしょうね」未来の花嫁は弱々しい声で答えた。「彼女のアイデアはとても気がきいているわ」

まるで気のない返事に、アレッサンドロは愕然《がくぜん》とした。こんなおもしろみのない女性を主寝室に連れていこうとしたなんて！　渇望を覚えた自分が恥ずかしい。

客用の寝室のドアを押し開け、すばやくカリスをベッドに下ろすと、触れるだけでもけがらわしいというように、彼は後ろに下がった。

「休むといい」

アレッサンドロはカリスの返事も待たずに部屋から出ていった。彼を見るカリスの目に熱望や苦痛が浮かんでいるのも知らずに。

# 10

カリスは教会に入る前に大きく息を吸い、足を止めた。カメラマンや見物人のどよめきに、彼女は思い出した。この結婚式が、イタリアでいちばん金持ちで好ましい独身男性との結婚式であることを。

アレッサンドロの警備員たちが群衆を押しとどめている。

彼のいとこにつき添ってもらったらどうかというアレッサンドロの申し出を受けておけばよかった、とカリスは悔やんだ。

父が来てくれるかもしれないとかすかな望みをいだいていたのだ。

カリスは口もとを引き締め、震える手でシルクのスカートのしわを伸ばした。何年もたったいまでも、父親に拒絶される苦痛は変わっていない。

学校劇もスポーツも何もかも父の期待に添えなかった。父は来ないとわきまえておくべきだった。兄や姉たちも仕事に追われ、時間に余裕ができたときに訪ねるということだった。

「準備はいいですか、シニョリーナ?」

ブルーノのいつものかすれた声がカリスの思考を遮った。

「どこか具合が悪いのですか?」

何もかも悪いわ! カリスは胸の内で悪態をついた。息子を手もとに置いておくために愛のない結婚をするのだから。ここでは助けてくれる友人もいない。まったくなじめそうにない貴族社会に入っていこうとしている。さらに悪いことに、あれだけの経験をしたのに、いまでもアレッサンドロを愛しているかもしれないのだ。

彼が不実ではなかったというカルロッタの話を聞き、捨て去ったはずの感情がカリスの中によみがえった。アレッサンドロはわたしを愛していないかもしれないが、嘘《うそ》つきの詐欺師ではなかった。

彼を最低の人間だと信じたことに、カリスは自責の念を覚えた。後悔が熱望に変わり、これが本当の意味での結婚であればいいのにと願った。便宜上の結婚ではなく、愛のためだと。

いえ、それはない! アレッサンドロは愛など期待していない。

「シニョリーナ?」ブルーノが心配そうに声をかけた。

「ごめんなさい、ブルーノ」カリスはブルーノに頼りなげな笑みを向けた。「気持ちを落ち着かせているだけよ。圧倒されそうだから」

「大丈夫です、シニョリーナ。伯爵がついています」

アレッサンドロは結婚式の準備をすべて引き受けてくれた。カリスは彼がこしらえたリストの項目のひとつにすぎない。

入手済み――妻ひとり、息子の母親。

ヒステリックな笑い声をあげそうになったが、カリスは必死にこらえた。「そうね、ブルーノ。ありがとう」わたしはもっと強い。自分を哀れんだりしない。これはレオのためよ。彼女は背筋を伸ばし、ブルーノが開けてくれているドアから中に入った。

音楽が高らかに鳴り響き、ざわめきが消えると、人々の顔がいっせいにカリスのほうへ向けられた。彼女はアレッサンドロが待つ通路ではなく、参列者を見やった。

その瞬間、カリスはたじろぎ、胸を締めつけられた。みんなアレッサンドロの友人で、カリスの知らない人たちばかりだ。期待どおりかどうか、花嫁を値踏みしている。

カリスは顎を上げた。少なくとも花嫁にふさわしいドレスを着ている。カルロッタはすばらしい仕事をしてくれた。流行のウエディングドレスはカリスを女性らしく、優雅にさえ見せていた。

淡いグレーのシルクのドレスは首から腰まで体に添い、砂時計のような曲線を強調している。腰からは豪華なひだが広がり、波打つ長い裾《すそ》には青いビーズが無数の星のように輝いている。腕にぴったりの長い袖《そで》とハイネックは中世の衣装を思わせるが、青いサファイアで刺繍《ししゅう》を施した襟ぐりは意外にも深く切れていた。

歩いていくカリスの耳にささやき声が聞こえ、女性たちの目に羨望《せんぼう》が浮かんでいる。カリスの背筋に喜びが走った。

知っている顔もひとり、二人いる。そのとき、二日前に会ったばかりの、アレッサンドロの三人のいとこたちが目に入った。夫とかわいい子どもたちも一緒だ。全員がほほ笑み、励ますようにうなずいている。彼らは花嫁側の家族席に着いてくれていた。冷えた体が温かくなってくる。わたしはひとりではないのだ、とカリスは心強く思った。

それから深紅のドレスを着た華やかなカルロッタがいた。黒い目は喜びに輝いている。世話役に抱かれたレオが興奮して手をたたき、カリスを呼んでいる。カリスは身を乗りだし、すばやく抱き締めた。すると、力がわいてきた。

またざわめきが起こる中、体を起こしたとき、カリスは背中に刺すような視線を感じた。振り返ると、リヴィアが冷ややかな笑みを浮かべていた。

つかの間の喜びが消え、現実がよみがえる。カリスの胸を悲しみがナイフさながらに切り刻んだ。

とうとうカリスは目の前に立っている長身の男性を無視できなくなった。みごとな仕立てのスーツに包まれた全身からいらだちを発散している。

カリスは通路を走って逃げだしたい衝動と闘った。

そのとき彼が手を差しだした。カリスは彼の燃えるような視線を感じた。肌がちくちくする。

逃げることはできない。彼はカリスの胸から空気を吸いあげ、彼女の勇気を木っ端みじんにしてしまった。

カリスはロボットのようにぎこちなく進み、アレッサンドロに手を取られるに任せた。彼に触れられた瞬間、いつものようにエネルギーがわいてきた。

この結婚が愛情によるものだったらどんなにいいか。彼が過去のことを覚えていたら、どんなにいいか。だが、覚えていないし、これから思い出すこともないだろう。共有できる相手がいなければ、思い出はむなしい。これから結婚する男性とは二度と親密な関係になることはないだろう。

「カリス」

アレッサンドロの声がカリスの神経を優しく撫《な》でた。セクシーなイタリアなまりに体が震える。濃い緑色の目を見たカリスは、息をのんだ。激しさに焼きつくされそうだ。

呼吸が浅く速くなり、膝が震えて、粉々になっていた希望がよみがえってきた。彼の顔を見ていると、信じそうになってしまう……。

司祭がしゃべりだすと、たちまちカーテンが下りたようにアレッサンドロの顔から情熱も生気も消えてしまった。

気のせいだったのかしら？　カリスはいぶかった。

陰鬱《いんうつ》そうな目を見ると、胸に芽生えた希望の種がしぼんでいくようだ。過去は過去だ。かつて二人が共有したものは死んでしまった。

そしていま、結婚という茶番を演じている。

でも、息子のためにわたしはやり通す。


数時間後、笑みを浮かべることに疲れ果てたカリスは、参列者の前でアレッサンドロに抱きあげられても拒むことができなかった。

「もう茶番劇の必要はないのよ」カリスはささやき、溶けてしまいそうな感覚を無視しようとした。

「茶番劇ではないよ、奥さん」アレッサンドロは入口の大きなひさしから歓声にわく芝生へ出た。「イタリアでは男は花嫁を抱いて敷居をまたぐことになっている」

邸宅までは百メートルほどある。カリスは口を閉じた。彼を思いとどまらせるのは無理だ。

「笑って」アレッサンドロは小さな声で言った。「みんな幸せな花嫁を期待している」

カリスは歯をむきだした。喜びの笑みというよりしかめっ面といったほうがいい。

「わたしはホテルのスタッフ見習いよ。女優じゃないわ」どんなことがあっても彼に抱かれて動揺していることを悟られてはいけない。

「嘘つきだな」

カリスを見る彼の目に情熱はなかったが、何かがあった。カリスの鼓動が速くなる。

「もう下ろして。敷居はまたいだでしょう」

アレッサンドロは何も答えず、緩やかな曲線を描く中央の階段へと向かい、勢いよく上がっていった。

玄関広間に集まったスタッフの拍手喝采《かっさい》と笑い声がさらに大きくなった。カリスはアレッサンドロから目を離すことができなかった。決然とした口もと、半分閉じたまなざし。

「アレッサンドロ？」

階段をのぼりきると、アレッサンドロは広い廊下へと進んだ。

「わたしの部屋は左よ」カリスはかすれた声で指摘した。

前方の大きい両開きの扉は開いたままだ。アレッサンドロは部屋に入ると、扉を蹴《け》って閉めた。

扉の閉まった音がしだいに小さくなっていく。ほどなく部屋は静まりかえった。彼はまだカリスを抱いている。たくましい胸が大きく上下していた。

アレッサンドロの抱擁が強くなり、さらに引き寄せられた気がするのは錯覚だろうか。熱が彼の全身から発散され、カリスの体にしみこんで、こわばった筋肉を溶かしていく。

　カリスは広い部屋の片側を占めている大きいベッドが目に入ると、音をたてて息を吸った。エメラルド・グリーンのシルクの天蓋《てんがい》をつけたベッドは、ちょうどフレンチドアの間に置かれ、ドアは湖を見渡せるバルコニーに通じている。すばらしい眺めだ。ベッドのヘッドボードは薔薇《ばら》の花で飾りつけられ、シーツにはクリーム色や紅色の花びらがまかれている。

「ぼくたちの新婚のベッドだ」アレッサンドロの低い声が満足そうに響いた。

　だが、カリスはぼくが親密な関係を望んでいないことを知っている。この結婚は法的に必要だというにすぎない。

　カリスは口を開いた。しかし言葉が出てこない。なんとか息を吸ったとき、手縫いのレースのブラジャーが硬くなった胸の先端をこするのがわかった。

　困惑して体が熱くなる。さらに下腹部が熱くなるが、これは困惑のせいではない。

「あなたのいとこたちは忙しかったでしょうね」カリスの声は妙に高かった。

　アレッサンドロが強靱《きょうじん》な肩をすくめるのがわかった。「これも伝統だ。結婚に幸運をもたらしてくれる。祝福と、それに豊穣《ほうじょう》、かな」

　カリスは体をくねらせ、逃げようとした。これ以上落ち着き払っているふりはできない。

「もう子宝には恵まれているわ。レオがいるでしょう。わたしたちは……」

　カリスは言葉を続けることができなかった。アレッサンドロにベッドへと運ばれると、体の下から淡紅色の薔薇の香りが立ちのぼってきた。

彼女は動きを遮る長いスカートやベールと格闘した。それから目を上げ、思わず動きを止めた。アレッサンドロの顔に野性の渇望が浮かんでいた。心臓が高鳴り、アドレナリンが全身を駆け巡る。

「レオをひとりっ子にしたくないだろう？」


アレッサンドロはいまや彼のものになった女性を見下ろし、経験したことのない満足感を覚えた。ライバル会社を獲得し、一族の会社の地歩を固めることができたときも、これほどの喜びはなかった。

ぼくの妻……。

それは思いもよらない感情だった。この結婚は息子のための思慮深い選択だったが、いまは何よりもアレッサンドロ自身のための選択だった。

この一週間、これほど忍耐力を試されたことはなかった。カリスを自分のものにし、肉体的な渇望だけでなく、心の中に潜む空虚さを和らげたいという衝動を何度も抑えなければならなかった。

カリスが教会の通路を歩いてきたときには、体が熱くなり、欲望が一気に高まった。じっと立って待っているためには強い意志が必要だった。

いまカリスはぼくの賞賛を待つごちそうのように横たわり、ぼくの欲望に火をつけた。解決策はひとつしかない。

セックス。激しい、満ち足りたセックスだ。

アレッサンドロはゆっくりと息をし、薔薇の花の香りと、午後の間彼を悩ませた女性のにおいを吸いこんだ。

くそっ。カルロッタの仕事ぶりはあまりにもみごとだった。ウエディングドレスはカリスの官能的なあらゆる曲線を強調している。彼女を見たときから、気がおかしくなりそうだった。

すばらしい胸のふくらみや、ネックラインからわずかに見える胸の谷間へ何度視線を向けたことか。

ダンスを踊ったとき、細いウエストに両手をまわすと、所有欲に圧倒される思いだった。過去を思い出せなくてもかまわない。いまは新妻に対する欲望を満たすことだけが大事だ。

アレッサンドロは蝶《ちょう》ネクタイをつかみ、強く引いた。

「アレッサンドロ！」カリスは思わず叫んだ。

彼の目は激しく熱を帯びて輝き、危険な肉食動物を思わせた。傷跡のせいでいっそう手に負えないように見える。またたく間に大実業家から海賊へと変わった。

カリスは分別を持つようにと自分に言い聞かせたが、全身に快い震えが走った。

アレッサンドロとベッドをともにしても何も解決はしない。彼はそんなことを望んではいない。

いや、彼が望んでいるのはまさにそれさ、と悪魔がささやいた。

蝶ネクタイが首から床に落ちるのを、カリスはうっとりと見つめた。浅黒い手がシャツを開く。

「何をしているの? これは契約にはなかったでしょう」もっと耳ざわりな声だったらよかったのに、とカリスは思わずにいられなかった。こんなうわずった声では、誘っているように聞こえる。

カリスは目を閉じ、強くなろうとした。

マットレスが沈み、驚いて目を開けると、アレッサンドロが彼女の腿をまたいでスカートの上に膝をついていた。

アレッサンドロは美しいドレスなどないかのようにカリスに視線を走らせた。

「アレッサンドロ」カリスの声が震えている。「あなたはこんなことを望んでいないはずよ」

あるいはわたしを。喉が痙攣《けいれん》し、声が出ない。

アレッサンドロはレオの存在を知ってから、わたしを避けていた。わたしは簡単に利用でき、簡単に捨てることができる都合のいい存在なのだ。なんの価値もないのだ。

おなじみの苦痛を覚え、カリスは目を閉じた。

「こんなことを望んでいない？」彼の口から砲撃のように言葉が飛びだした。シャツを脱ごうとして動いていた手が止まった。「何を言っているんだ？」

「参列者の手前、本当の夫婦のように見せたかっただけでしょう」カリスは低い震える声で言った。「ここまでわたしを抱いてきて、その目的は達したわ。茶番劇を続ける必要はないのよ」

「目的？ 茶番劇？」アレッサンドロは静かに言ったものの、怒りで声が震えていた。「ぼくたちは本当に結婚したんだ。きみはぼくの本当の妻だ。そしていまぼくはきみの夫だ。きみの人生でただひとりの男だ。覚えておくんだな」

「わたしの人生にほかに男性はいなかったわ」彼に離れてほしかった。たくましくしなやかな熱い体に閉じこめられ、カリスの脈は速くなっていた。美しいドレスはきつく、息もできない。

「これからも誰ひとりいない。いいな？」

「わたしの人生に男性は必要ないわ」

「それなら、ぼくと結婚するべきではなかった」アレッサンドロはカリスの視線をとらえ、きっぱりと言った。

彼の厳しくも端整な顔を見て、カリスの口の中はからからに乾いた。「あなたに都合よく使われるつもりはないわ、アレッサンドロ。あなたはわたしの息子のために結婚したかもしれないけれど、いつでもわたしを利用できると思ったら大間違いよ」

「都合よくだと！」アレッサンドロの目が大きく見開かれた。「これがそうだというのか？」カリスの手をつかみ、彼の下腹部に押し当てた。

張りつめた高まりがカリスの手の中で強く脈を打っている。彼女は息をのんだ。体の奥深くで欲望が渦巻き、思わず腿を強く閉じた。

手を引こうとしたが、アレッサンドロは放してくれない。貴族的でセクシーな彼がさらに身を乗りだすと、カリスの脈が跳ねあがった。彼の目には喜びの予感が浮かんでいる。

彼を求めてはいけない。でも欲しかった。欲しくてたまらなかった。

「きみの写真を見てから、ぼくはずっと欲求にさいなまれてきた」目にはかすかに困惑の色を浮かべ、アレッサンドロは首を振った。

カリスは信じられない思いだった。彼がわたしを欲しがっていた？　失った記憶を取り戻すためではなく？

本当かしら？　カリスは心のどこかで信じたいと思っていた。彼がわたしを求めている、彼にとってわたしは特別だと。

「女性に対する欲望も覚えていなかったのに！　それがメルボルンで……」アレッサンドロは体を彼女の手に押し当て、低い欲望のうめき声をもらした。

それがカリスを刺激した。カリスは彼の下でもがき、下腹部の痛みを和らげようとしたが無駄だった。

「どうしてきみを帰したのかわかるか？」

カリスは首を振った。アレッサンドロは自制心を保っているように見える。それでも彼の緊張した顔を見ていると、しだいに確信が持てなくなってきた。

「二年ぶりに女性を欲しいと思った。だがきみは疲れ果て、生活の変化に圧倒されているようだった」アレッサンドロは片手で体を支え、もう一方の手でカリスの手を握ったまま身を乗りだした。「きみには時間が必要だと思った。だからやめたんだ」

二年ぶりに？　その言葉がカリスの頭から離れなかった。きっと聞き違えたのよ。アレッサンドロは体の喜びを満喫する精力的な男性だ。「わたしにへつらったりしないで。あなたに何人の恋人がいたかなんて気にしないわ」彼女は嘘をついた。「だからもうそんなふりをするのは――」

「禁欲生活をしていたふりかい？」アレッサンドロの口もとが嘲笑《ちょうしょう》するようにゆがんだ。

「本当だとしたら？　きみと別れてから誰ともつき合っていなかったら？」

アレッサンドロが禁欲生活を送っていたと思うと、カリスは呆然《ぼうぜん》とした。ばかげている。

かつて彼を心から愛していたので、わたしはありえない想像をしているに違いない。「そんなはずはないわ」

「いいか」アレッサンドロはうなるように言い聞かせた。「ぼくが何を言い、何を感じているか、そのことできみにいちいち言われるのはうんざりだ」

# 11

いきなりアレッサンドロが体を引き、カリスは自由に動けるようになった。ほっとした。もちろんだ。カリスは大きく息を吸った。すぐにも動いて……。

次の瞬間、力強い手が、シルクのストッキングに包まれたカリスの足首からふくらはぎ、そして膝へと上がっていった。驚いたカリスが我に返ったときには、すでに手は腿に達し、ストッキングのいちばん上の部分をつかんでいた。

見ると、アレッサンドロは真剣な顔でカリスのガーターを外そうとしている。羽根のように軽やかな彼の愛撫《あいぶ》にカリスは息をのんだ。

カリスは彼を押しのけようと体を起こしたが、遅かった。彼はすでにガーターを押しあげ、やすやすと薄いショーツをはぎとった。

彼女はすぐに体を隠そうとしたが、アレッサンドロの顔を見たとたんに動けなくなった。激しい欲望が浮かんだ目に見つめられ、体が焼けるように熱い。

ズボンの柔らかいウールが腿に触れた。アレッサンドロはカリスの脚の間に膝をつき、脚を押し開いた。たちまちカリスの欲望が爆発した。

彼の誘惑に抵抗しないといけない。だが頭に浮かぶのは、彼が裏切ってはいなかったということだった。一緒に暮らしていたときも、そして彼の言葉が本当なら、別れたあとも、彼はほかの誰ともつき合ってはいなかった。

「いまぼくを止めるには、きみがこれを望んでいないと言うしかない」アレッサンドロは顔を上げ、カリスに刺すようなまなざしを向けた。

彼のまなざしの激しさにカリスは仰向けになった。

「これを望んでいないと言えるか？」そう言うなり、アレッサンドロはカリスのもっとも感じやすいところに長い指を滑らせた。

あまりの快感に体が震え、カリスは強い欲望を覚えた。手を握り締め、粉々になった抵抗力を寄せ集めて、彼を止めようとする。だが、彼の指はやすやすと彼女の中へ入ってきた。

優しく執拗《しつよう》な愛撫に、カリスは泣きそうになった。あまりにもすばらしかった。

「カリス？　きみが答えるのを待っているんだ」

重くなったまぶたの下から彼を見たカリスは、胸や頬が赤らむのがわかった。

「わたしは……」

愛撫の速さが変わり、官能の嵐《あらし》の中でカリスの世界が粉々に砕けた。体が熱くなり、突然、絶頂の嵐に吹き飛ばされた。

アレッサンドロの緑色の目だけがカリスをつなぎとめていた。二人の体から電線のように火花が飛び散る。

すぐさまアレッサンドロは体を前に押しだした。すでにカリスは彼の腰に脚をまわしている。

以前よりもずっとすばらしい。彼に完全に満たされている。カリスは彼の熱い息を首に感じた。広い胸がカリスの胸に重なり、感じやすい胸の頂をこする。彼はカリスを持ちあげるようにして抱き、動くたびに彼女の中心に触れた。

アレッサンドロがうめくようにカリスの名前を呼び、彼の歯が首に触れる。最後にもう一度彼が入ってくると、カリスは緑色の目をのぞきこみながら、最初の爆発よりもさらに激しく震えた。

カリスの名前を呼ぶ声が聞こえ、甲高い自分の叫び声が聞こえ、カリスは彼の熱い脈動を感じた。そして二人は波にのまれ、一緒におぼれていった。

アレッサンドロはこれほど自制心をなくした自分が信じられなかった。触れるだけでカリスが興奮し、困惑と切望が顔に浮かぶのを見ていると、正気を保っていることができなくなった。

カリスに関するかぎり、アレッサンドロはまったく自分を抑えられなかった。繊細さや慎みなどみじんも持ち合わせていない。強くなる一方の渇望を何週間も抑えていたのに、これほど乱暴で野蛮な結果になるとは思いもしなかった。

アレッサンドロは手で顔をこすり、バスルームの鏡に映った腫《は》れぼったい目を見た。いまでも満足感と興奮のせいで輝きを帯びている。隣の部屋で、しかも彼のベッドで妻のカリスが寝ているからだ。

彼はタオルを取り、バスルームのドアのほうを向いた。

相変わらずカリスは満足そうに眠っている。長い脚はまだストッキングに包まれ、サテンのハイヒールを履いたままだ。めくれあがったスカートと脚の間の黒い三角形を目にすると、アレッサンドロは下腹部に電気が走るのを感じた。たちまち欲望が押し寄せ、彼は吐息をもらした。

カリスとはいつもこうだったのだろうか？

カリスが別のベッドに寝ているところを思い出す。だが彼の注意を引いたのは彼女の姿ではなく、そのときの自分の感情だった。性的な期待がまじった満足感だった。あからさまな所有欲、そして……充足感。

充足感――まったく申し分がないという不思議な感覚にアレッサンドロは動揺した。記憶とともに何か大事なものを失っているような気がした。

ほかの女性にはこんなふうに反応したことがない。カリスから離れることはできない。離れたくない。

再び渇望がよみがえった。今度は彼女の欲求を優先し、ぼくが野蛮な田舎者ではないことを証明しよう。

裸でカリスの傍らに横になったが、彼女は動かなかった。大金を払って用意したドレスはもう使い物にならないだろうが、そんなことはかまわない。再び息を吹き返した渇望以外はどうでもよかった。

ぼくが乱暴に奪ったせいで、カリスは疲れ果て、まどろんでいる。結婚式で神経が張りつめていたのだろう。だがドレスと靴をつけたまま眠らせるわけにはいかない。息苦しくなって、目を覚ますだろう。

アレッサンドロは彼女の細い脚をつかんだ。

カリスは体を伸ばした。背中で何かが動いている。でも充分に満たされたいま、眠っていたかった。

熱い手のひらが背中を滑ったとき、ようやく目が覚めた。

まだウエディングドレスを着たまま、ベッドに横たわっていた。アレッサンドロが背中の小さいボタンを外している。ほどなく両手がドレスの中へ入り、マッサージを始めた。

カリスは無意識のうちに背中を彼の手に押しつけた。

「目が覚めたんだね」彼の低い声がかすかに震えている。

ひとりで目を覚ましたかった。麝香《じゃこう》に似たにおいが漂っている。そう、わたしは彼に触れられ、またたく間に絶頂に達した。逃げようともしなかった。都合のいい存在にならないと言っていたのに、戦いもせずに屈してしまった。カリスは両手に顔をうずめた。なんということをしてしまったのだろう。

「カリス？　大丈夫か？」アレッサンドロは手の動きを止め、ドレスの下の肩をつかんだ。

「大丈夫」

触れられた喜びに体が震えるのをカリスは抑えようとした。彼はほかでもないわたしを欲しがったのだと思うと胸の奥がざわめく。わたしには自尊心はないの？

再びアレッサンドロに恋をするのはなんて簡単なのだろう。それでどうなるの？　アレッサンドロにすべてを与え、彼は自分に都合のいいものだけを与える。

でももう遅すぎる。引き返すことはできない。

考える時間が必要だ。なのに、彼の手が動いていると血が期待に沸き立つようだ。

「ドレスを脱がせてあげよう。このままでは窮屈だろう」

カリスは彼の手の届かないほうへと体を滑らせた。「自分でできるわ」気持ちを落ち着かせないと、心の中を見抜かれてしまう。

カリスはベッドの端に座り、胸からずり落ちそうになっているドレスを片手で押さえた。それ以上動くことができなかった。ベッドを下りてまわってきたアレッサンドロが目の前に立った。何も身につけないまま。

長身で筋肉の引き締まったアドニスが生き返ったようだった。

しかも、性的に興奮したアドニスが。

カリスはうなじがちくちくし、胸と額が赤らんだ。

彼が体重を片方の足に移した。力強い腿と引き締まった腹部の筋肉の動きにカリスは見入った。炎が胸に突き刺さり、ゆっくりと下腹部へと下りていく。

カリスはレオのことを考えようとした。披露宴の出席者たちも帰りかけていることだろう。

「ぼくが手伝ったほうが簡単だよ、カリス」

アレッサンドロが髪から垂れているベールを外す間、カリスは黙って座っていた。レースのベールが落ちるのがわかっても、目を開けなかった。すぐ前に彼が立っている間は開けられない。

彼はカリスの両肘をつかんで立たせた。

カリスは目を開け、彼の顔から目をそらさないようにした。アレッサンドロは何を期待していたのだろう？　驚きと歓喜を浮かべた顔だろうか。だが、かすかに眉を寄せた顔はあまり満足していないと言っている。

これ以上、何を望むというの？　彼の言いなりになり、高価なドレスを脱ぐこともできなかった。アレッサンドロに対しては、どこまでも節操がなくなってしまう。

いつもこうだった。

「ここからは自分でできるわ、ありがとう」カリスはきっぱりと言い、横に動いたが、すでに彼はドレスを肩から引き下ろしていた。

ドレスは肘のところで止まった。カリスはアレッサンドロに目をやった。だが彼はあらわになった上半身ではなく、カリスの顔を見つめた。そのまなざしに、彼女の心臓はいまにも胸を割って飛びだしそうになった。

「ぼくがやろう」彼は袖《そで》から腕を抜き、ドレスを引き下ろした。続いて足のまわりに落ちたドレスからカリスを外に出した。

そのとき初めてカリスは靴を脱がされていたことに気がついた。ブラジャーとガーターとストッキングだけを身につけて彼の前に立っている。

カリスは胸の中で何かがふくらむのを感じた。力がみなぎってくるようだった。求められていると感じた。大事にされているとさえも。「本当なの？」よく考えもせずにカリスは口にしていた。「事故にあって以来、誰ともつき合っていないというのは？」

アレッサンドロは身を乗りだすようにしてカリスを見つめ、大きな温かい手で彼女の腕をつかんだ。

一瞬、カリスは返事が返ってこないのかと思った。アレッサンドロの陰鬱《いんうつ》そうな目に浮かんだ表情が何を意味するのか理解できなかった。

ようやくアレッサンドロはうなずいた。「そうだ。誰《シ》もいなかった」

男の沽券《こけん》にかかわると思っているのか、彼はうれしそうではなかった。けれども、カリスは天にものぼる心地だった。ずっと彼は意識下でわたしを待っていたの？

ばかげた考えをカリスは頭から追い払おうとした。

けがの治療中だったからだ。あるいは、仕事が忙しかったせいに違いない。それでも、わたしがいなかったから禁欲生活を送ったのだという考えをカリスは捨てることができなかった。

「カルロッタは二人が恋人ではなかったと言ったわ」カリスは思わず口にしていた。「二人は結婚する予定ではなかったって」

アレッサンドロは肩をすくめた。「言っただろう、ぼくはそんなことはしない。カルロッタは幼なじみだ。それだけだ」

彼は記憶を失っているのに、自分の行動については確信を持っている。彼の半分でも自分に自信を持てればいいのに、とカリスは思った。高学歴の家族の中で〝できの悪い子〟として育てられ、これまでの彼女は自分が二流の人間だという思いを克服するのに必死だった。

「あなたを信用しなくてごめんなさい」カリスはおずおずと手を上げ、彼の手に重ねた。二人の関係が壊れたのはカリスのせいだけではない。けれども最悪の事態を簡単に信じてしまったことが大きな原因だということがわかった。

「いまきみは本当のことを知っている」アレッサンドロが言った。「過去のことは問題ではない」

でも問題なの、とカリスは叫びたかった。もし互いに信頼し合っていたら、まだ一緒に暮らしていたかもしれない。便宜上の結婚などしないで。

「あなたがわたしを裏切らなかったと信じるわ、アレッサンドロ。わたしがあなたを裏切らなかったと信じるのはそんなにも難しいことなの？」

アレッサンドロはカリスの紅潮した顔を見下ろし、またもやなじみのない感情を覚えた。そして反射的に尻ごみした。論理と自信の上に人生を築いてきた者にとって、あまりにもなじみのない感情だった。

「ぼくが信じるのは、過去は過去だということだ、かわいい人《ピッコリーナ》。ぼくたちには息子と一緒に築いていく未来がある」

カリスが目をしばたたいた。希望に満ちた青色の目が灰色に変わり、涙があふれるのを見て、アレッサンドロは胸が引き裂かれるようだった。責任は彼にある。だが嘘《うそ》をつくことはできない。

どんな女性の言葉でも、証拠もないのに信じるなどできない。彼女の不実を非難したとしたら、それなりの理由があったはずだ。

詳細がわかるまで判断は控えよう、とアレッサンドロは決めた。正気の人間なら、誰でもそうする。

カリスが彼の手から離れようとした。

「ドレスをかけないといけないわ」

彼女の声は冷ややかで、目を合わせようともしない。何も言わないが、カリスが失望したことは明らかだ。アレッサンドロは後悔に胃がよじれるような思いがした。「あとでいい」

荒々しい口調に、カリスが驚いたように彼の顔を見た。

彼女にはわからないのだろうか？　いまの状況でぼくができるかぎりのことをし、息子のために知らない女性と結婚するという危険を冒したことを？

いや、違う！　いま、ぼくは分別よりも感情が支配する女性の領域に巻きこまれようとしている。

「ドレスよりこっちのほうが大事だ」アレッサンドロはカリスの肩に手をまわして引き寄

せ、彼女の熱い上半身の感触を楽しんだ。

カリスが抵抗する間もなく、アレッサンドロは唇を重ねた。暑い夏の日の熟れたさくらんぼのような味がした。

これこそ手に触れることができる真実だ。二人を引きつける力は焼けるように熱く、潮流のように音をたてて流れている。自制心を保とうという彼の決意をあざ笑うように、欲望は解き放たれた。

アレッサンドロはやめることも考えることもできなかった。しだいにカリスの体から力が抜け、両手は彼の頭をつかんでいる。アレッサンドロは喜びに体を震わせた。カリスも情熱を持て余すように体を押しつけてきたのだ。

しばらくしてアレッサンドロは彼女のブラジャーを外し、みずみずしい胸のふくらみを手で覆った。重く、彼の手にぴったりとおさまった。先端を口に含むと、カリスはため息をもらし、優しく噛《か》むと、叫び声をあげた。そして両手で彼の頭をしっかりとつかんで引き寄せようとした。

アレッサンドロがカリスを後ろへそっと押すと、カリスはベッドにくずおれた。カリスが抵抗する前に、彼は脚の間に膝をつき、両肩で腿を押し開いた。

「わたし——」アレッサンドロが手のひらを押し当てると、カリスは言葉を失った。アレッサンドロはカリスがマットレスから体を上げるまで、ゆっくりと愛撫した。

アレッサンドロは安堵《あんど》した。カリスもぼくと同じくらい渇望を覚えている。カリスの反応を見ているだけで、考えられないほど興奮してくる。自分の欲求をあとまわしにしても、もっと彼女に与えたい。

「アレッサンドロ！」口で愛撫するころには、カリスの抵抗は消えていた。

カリスが絶頂に達するのに時間はかからなかった。彼女があえぎ、全身を震わせるのを目にしているだけで、アレッサンドロは喜びを覚えた。

二人の生活がここから始まるのだということをカリスに見せておかないといけない。それが過去よりも大事なことだった。

ぽっかりと穴のあいた空白の時間にアレッサンドロは不安を覚えていた。だが我が子と人生を築くことに決めたのだ。そして花嫁とも。花嫁を喜ばせ、満足させ、完璧《かんぺき》に自分のものにしたかった。

信頼や感情といったことで彼を困らせるのをやめさせたかった。

いま二人が共有しているもので充分だった。充分以上だ。

もう一度絶頂に達したカリスもそう認めるだろう。アレッサンドロは身を乗りだし、彼女の目が星空のように光るのを見ながら思った。

それからカリスの疲れた体をいたわりながら、アレッサンドロはやおら彼女の中に入っていった。カリスは彼をしっかりと引き寄せた。たちまちアレッサンドロは大きなエネルギーがわきあがるのを覚えた。自制心をかなぐり捨て、妻と一体になる喜びに我を忘れた。

考えられないことに、前よりもすばらしかった。

アレッサンドロは困惑した。だが、深く考えるのはやめにした。カリスが彼の腰に脚をまわし、どんなにあなたが欲しいかと言ったからだ。

ずいぶんたってから動悸《どうき》がおさまり、力がよみがえると、アレッサンドロはカリスから下り、彼女を自分の上に引き寄せた。ようやく頭も働きだした。

信じられないほどの喜びを分かちあったのに、アレッサンドロの困惑は深まった。カリスとのセックスは単なる欲望の解放にしてはすばらしすぎる。彼にはそれ以上の大事なものに感じられた。

そう、まるで我が家に帰ってきたようだ。

# 12

「パパ！　パパ！」ガラス張りのプールにレオのうれしそうな声が響いた。

カリスが新聞から目を上げると、アレッサンドロがしなやかで力強い海神のように水面から上がってきた。カリスは動悸《どうき》がして呼吸ができないほどだった。

結婚式の日からずっと、彼とベッドをともにしてきた。抵抗できなかった。みごとな肉体の感触やにおいや味を、カリスは堪能《たんのう》した。そして彼がカリスの中に解き放つ情熱に深い喜びを覚えた。水着姿のアレッサンドロを見るだけで、カリスの体の奥で脈が打ちはじめる。

アレッサンドロは楽々とレオを空中に投げてはつかみ、水面すれすれに引きまわす。レオは父親のたくましい腕にしがみつき、大喜びで叫んでいる。

わたしの息子とわたしの夫。

カリスの中に熱いものが広がった。

アレッサンドロとレオはカリスが願っていた関係を築いている。最初、アレッサンドロの接し方はぎこちなかったが、子どもの扱いに慣れてくると、二人の間に愛情が育ちはじめた。

「パパ！」レオの声がますます甲高くなっていく。

カリスは新聞を下げた。声が甲高くなるのは疲れてきた証拠だ。

カリスはアレッサンドロに声をかけようと口を開いたが、その必要はなかった。彼はレオを水につけ、優しく引っ張りながら、壁に描かれた海の生き物を指さした。レオはすぐに夢中になり、父親の言う言葉を繰り返している。

カリスは椅子にもたれた。息子に対するアレッサンドロの理解は深まるばかりだ。彼には明らかに子育ての才能がある。

しかも、アレッサンドロはレオとの時間を楽しんでいる。さもなければ、彼がこれほど家で過ごすわけがない。

いまでも彼は自分で運転し、長い時間、仕事をするが、しだいに融通をきかせるようになっていた。今日も午後の半ばごろに帰宅し、レオとプールに入ってから三十分はたっている。

わたしはいいことをした。レオとアレッサンドロは敬意と愛情を築いている。わたしが子どものころにあこがれた関係だ。それに両親もそろっている。

たとえ両親を結びつけているのが子どもと欲望だけであっても。

毎日、彼の家で過ごし、毎晩、彼の腕に抱かれていると、かつての感情が再び芽生えるのを感じ、カリスは抵抗しようとした。これは便宜上の結婚であり、わたしが感じているものが報われることはないのだ、と自分に言い聞かせた。問題は、単に便宜上の結婚とは思えないことだった。

カリスは目を閉じて鼻をつまんだ。もう自分を欺かないことにしたはずだ。愛のない結婚を受け入れると決心したのだ。レオにとって最良のものを受け入れると。つまり、これまでわたしが反発してきた二流の地位を受け入れることになる。いつの日か、本当のわたしはなくなり、レオ・マッターニの母親でアレッサンドロ・マッターニの妻以外の何ものでもなくなってしまう……。

いや、わたしは正しい選択をしたのだ。現に、レオとアレッサンドロが一緒にいるところを見ている。

「カリス?」

アレッサンドロの低い声が愛撫《あいぶ》のように響いた。目を上げると、彼が脚を広げて立っていた。レオは彼の腕に抱かれ、カリスに笑いかけている。

「ママ」

カリスは新聞と眼鏡を横に置き、レオに両手を伸ばした。アレッサンドロの刺すようなまなざしは見ないようにした。ときどき彼はカリスの心の中を見透かそうとするような視線を向けてくる。

「おいで」カリスはレオを抱き締め、タオル地のローブの前をはだけてふいてやった。

「楽しかった？」

レオはにっこり笑ったものの、もうまぶたが落ちてきている。「パパ」アレッサンドロのほうに腕を振った。

「そうね、パパと泳いだのね？」

カリスは夫にじっと見つめられると、いまでも目を合わせることができなかった。

「レオのお昼寝の時間だわ」ようやく言うと、彼女は立ちあがりかけた。レオの部屋に入ってしまえば、アレッサンドロに触れてほしい気持ちもなくなるだろう。

「内線の電話でアンナを呼んだところだ。すぐにレオを連れに来て、寝かしつけてくれる」

彼がレオを抱くと、カリスは眉をひそめた。

「わたしが寝かせるわ」

アレッサンドロは肩をすくめた。「レオの世話を頼むためにアンナには給料を払っている。きみはその間に新聞を読んでしまえばいい。ほら、レオも喜んでいる」

彼の言うとおりだ。アンナを見て、レオは大きな声で呼んでいる。自分で寝かせると言い張るほどの理由もない。それにレオが行ってしまえば、アレッサンドロも仕事に戻るだろう。「わかったわ」カリスは言い、アンナにほほ笑みかけ、レオに手を振った。

息子はここでは幸せなのだ。わたしは正しいことをしたのよ。

カリスは椅子にもたれ、新聞を取った。ラウンジチェアに頭をもたせかけたとき、アレッサンドロが動いていないことに気がついた。数メートル離れたところに立って、カリスを見ている。

とたんに喉から胸にかけて熱くなってくるのをカリスは意識した。ローブの前が大きく開いていることに気づき、慌てて襟もとを合わせる。

アレッサンドロが傍らのラウンジチェアに腰を下ろし、体を斜めにして彼女のほうを向いた。

カリスは体じゅうがぞくぞくした。彼に見つめられるだけで、欲望に駆られる。彼女はなんとか沈黙を破ろうとした。

「結婚式以来、リヴィアをあまり見かけないわ」言ったとたん、カリスは自分を蹴《け》とばしたくなった。義母のことはいちばん話題にしたくなかった。

アレッサンドロがカルロッタと結婚するつもりだと言った彼女の嘘《うそ》を問いつめる気はないが、忘れることもできない。

アレッサンドロは眉を上げた。「リヴィアは……このところ忙しそうだ」

なぜか非難がましく聞こえた。アレッサンドロと義母は特に親しいというわけではないが、いつも仲よくやっているように見えた。

「本当?」

「本当だ」

間違いなく彼の目には怒りが浮かんでいた。仲たがいをしたのだろうか? 義母の恩着せがましいやり方にようやく嫌気が差したのかしら? でも、期待しすぎは禁物よ、とカリスは自分に言い聞かせた。

「ほかでいろいろ用事があるようだ」

カリスは何も気づかないふりをするのはやめた。いま起こっていることを知る必要がある。「どうやって伯爵夫人の役割を演じればいいか、教えに来てくださるということだったでしょう?」幸い、辛辣《しんらつ》な口調にはならなかった。

アレッサンドロはいぶかしげに目を細め、体をまっすぐに起こした。「きみは役割を演じるのではない。きみは伯爵夫人だ。そのことを忘れるな」

「難しいわ」何代にもわたるマッターニ家の贅沢《ぜいたく》な住居にいると、自分が侵入者のような気がする。まだ使用人に指図することにも慣れていない。

一族の肖像画がかかっている二階の廊下を歩いていると、歴代のマッターニ家の人たちの非難するような視線を感じた。

カリスはかぶりを振った。このままではいけない。外に出かけるようにしないと気が変になってしまう。

結婚式から数週間たったが、カリスはまだ敷地から一歩も出ていなかった。レオが新しい家に落ち着くようにするのが先だ。それに結婚式の日に教会を取り囲んでいたパパラッチを思い出すと、ひとりでマスコミと向き合うことなどできない。アレッサンドロも外に連れだしてくれなかったが、期待もしていない。自分の立場はわきまえている。

「心配はいらない。きみが引き継ぐ用意ができるまで、リヴィアがマッターニ伯爵夫人の務めを果たしてくれる」

用意ができたと彼を納得させるためには、何かテストに受からないといけないのかしら？　わたしにそんな能力はないと思っているに違いない。

「だがしばらくの間、指導者にはもっときみと気の合う……信頼できる人間がいいだろう」

信頼できる？　リヴィアが何か不始末をしでかしたように聞こえた。「誰か心当たりはあるの？」尋ねながらも、彼自身が引き受けてくれるのかと期待した。しかしそれもつかの間、すぐに分別が戻った。彼がわざわざ時間を割くほどの価値はわたしにはない。

「カルロッタはどうかな？」アレッサンドロは後ろにもたれ、カリスの反応をうかがった。

「カルロッタ？」カリスは安堵《あんど》した。「うれしいわ」カルロッタの正直さとさりげない機知にカリスは引かれていた。「彼女さえいいなら」

「いいと思うよ、きみに会いたいとも言っていた」

カリスは眉をひそめた。「でも、わたしは何も聞いていないわ」

アレッサンドロは身を乗りだした。「新婚の夫婦が二人きりで過ごせるように、社交的な訪問は控えているのだろう」

カリスはアレッサンドロの言葉にびっくりしたようだった。蜜月《みつげつ》期間など自分とは関係がないとでもいうように。

アレッサンドロはまたも落胆した。どんなに激しく愛し合っても、カリスは二人の間に距離をおこうとする。今日も彼がプールに来たときから、ずっとそうだった。もちろん言いなりになってほしくはなかったが、寝室を離れるとよそよそしくされるのもいやだった。ぼくが望むのは……。何を望んでいるのか、アレッサンドロは自分でもよくわからなかった。だが、他人のようによそよそしく振る舞う妻を望んでいないことは確かだ。ぼくが服を脱ぎ、彼女の中に入ると、望みどおり情熱的に応《こた》えてはくれるが。

カリスとのセックスを考えるだけで、下腹部がこわばる。なのに、彼女は落ち着き払ってリヴィアのことを尋ねるとは！

カリスがローブの前をはだけて息子の体をふいているのを見ているだけで、アレッサンドロの全身を欲望が駆け巡った。

カリスは挑発的なドレスを着ているわけではない。新しい銀行口座には大金が振りこまれているのに、彼女が持ってきた安っぽい服をいまも着ている。

ブランドもののドレスや高価な靴もない。セクシーなナイトドレスもない。夫をその気にさせるためのレースやシルクの下着さえ買っていない。

厚手のタオル地のローブをまとい、髪は肩のまわりで乾くに任せ、化粧はすっかり流れ落ちている。それでもアレッサンドロの鼓動は速くなり、欲望は解放を求めてやまない。

レオと過ごすために帰ってきたのだ、とアレッサンドロは自分に言い聞かせた。そして息子との時間を楽しんだ。にもかかわらず、プールサイドにいる謎《なぞ》の女性に何度となく惹《ひ》かれた。彼女は新聞を熱心に読み、夫には関心がないようだった。

「出かけたことがないな」アレッサンドロは言った。

カリスがわずかに顎を上げた。本人は意識していないようだが、彼女の挑戦するようなしぐさをアレッサンドロは魅力的だと思った。

「マスコミを相手にしたくないの。注目されるのに慣れていないから」

アレッサンドロは自責の念を覚えた。どうしてそこに考えが及ばなかったのだろう？　いままでどおりの仕事を続けながら、新しい家族に適応するのに忙しく、思ってもみなかった。

「二、三日のうちに写真を撮らせるようにしよう。そうすればマスコミの圧力も減るだろう。出かけたいときにはスタッフに言えばいい。警備員を手配してくれる。心配することはない。ちゃんと面倒を見てくれる」

「ありがとう」

いまもカリスは目を合わそうとしない。アレッサンドロは再び落胆を覚えた。

「スタッフが買い物のためのいちばんいい店を教えてくれる。きっとそれがきみの優先事項だろう」いまやカリスはかなりの大金を持っている。

カリスは眉をひそめ、冷ややかな目を向けた。「どうして買い物をする必要があるの？ マスコミに会うときに着る服がいるということ？」首を振った。「その必要はないわ。カルロッタがスーツとドレスを作ってくれたから。どちらもすてきよ」

アレッサンドロははねつけるように手を振った。「もちろんカルロッタが用意した服はふさわしいものだろう。とはいえ、自分で金を使ったり、新しい服を買ったりしたいんじゃないか」

カリスは椅子の背にもたれた。「その必要はないわ。涼しくなるまでは着るものは間に合っているから。冬用のコートは買わないといけないけれど」

「冬用のコート？」アレッサンドロの声が小さくなった。冬はまだ数カ月先だ。「自由にできる金があるのに、使うことに興味がないというのか？」

「必要経費のためのお金をいただいていることは知っているけれど……」

「必要経費のための金だって！　それ以上の金だ。ぼくが払っているのだから、額は知っている」

「非難がましい口調で言う必要はないでしょう」

カリスの目の中で炎が燃えるのを認め、アレッサンドロの怒りはつのった。「法外な支給額がわずかな手当てだというふりをする必要はない」

アレッサンドロはいきなり立ちあがると、プールの端まで歩いて怒りを発散させようとした。この種の駆け引きをされることが大嫌いだった。次には手当てが充分ではないと文句を言うのだろう。

「もちろんきみも知っている。結婚前の取り決めを細部まで読んだのだから。きみの口座には、グッチやヴェルサーチやイヴ・サンローランを毎日身につけることができるだけの金がある」

アレッサンドロが近寄ると、カリスは椅子の腕をつかんでいた。目にはショックが浮かんでいる。

「冗談でしょう」カリスは声を震わせて言い返した。「どうしてそんなことをするの？」

アレッサンドロは肩をすくめた。言葉には出さないが、これくらいの経済的な魅力がなければ、いつの日かカリスはレオや彼を置いて出ていくかもしれない。「ぼくの妻にふさわしい服装をしてもらう必要があるからだ」我ながら説得力がない、と彼は思った。「きみは知っているはずだ。結婚前に契約書に署名しただろう。契約書に全部書いてある」

カリスが視線をそらし、椅子の腕をさらに強く握り締めた。アレッサンドロは思わず足を止めた。何かがおかしい。それも大事なことが。

「ええ。署名したわ」

カリスは唇を噛《か》みしめ、膝を上げて胸に押しつけている。ひどく傷つきやすそうに見える。いったいどうしたんだ？　アレッサンドロはカリスの視線を追い、新聞と眼鏡を見た。一流の英字新聞の国際ニュース面が開かれている。国連事務総長の写真が大きく出ている。それは彼がやってきた三十分前と同じページだった。

「カリス？」アレッサンドロはカリスに近づいた。彼のほうを向いたカリスの顔に恐怖とも思える表情が浮かんでいる。「どういうことだ？」

いくらプールが騒がしくても、一面を読むのにこれほど時間がかかるわけがない。

「きみは契約書を読んだ」アレッサンドロは自分に言い聞かせるように言った。「ぼくは読んでいるところを見た」

「わたしは……読みはじめたわ」カリスはまだ目を合わせようとしない。「けれど結論として、離婚すれば、わたしは何も得るものはないということが書かれているだけだと思った」ぎこちなく肩をすくめる。「それで、署名したの。手当てのことは知らなかったわ」

「嘘だ」アレッサンドロはささやくように言った。「ぼくは見たんだ。きみは最後のページを読み、それからサインした」

カリスが彼のほうを向いた。顔が真っ青だ。

アレッサンドロの頭に信じられないことが浮かんだ。「読むことはできるんだろう?」

それとも、読むふりをしていたのだろうか?

「もちろん、読めるわ!」カリスは体をまっすぐに起こした。目には怒りの炎が燃えている。「字が読めないとしたら、どうやって仕事をしていたと思うの? わたしはただ……」

「ただ?」アレッサンドロは先を促し、両手を腰に当ててカリスの前に立った。

カリスは両手で足を抱えこみ、体を前後に揺らした。「あなたの大事な書類は読まなかった」カリスは吐きだすように言った。「読みはじめたけれど、疲れて、緊張して……」かなりの間をおいて彼女は続けた。「それに識字障害があるの。だから薄い色のついた眼鏡をかけているのよ。焦点が合わせやすくなるから。でも疲れているときや、字がぎっしりつまっている文章は読めなくなるときがあるの。法律に関する書類は最悪だわ」

沈黙があった。本当のことを話すカリスのつらさを思うと、アレッサンドロは心臓がよじれそうだった。手を伸ばし、慰めたかったが、触れられたくないだろうと思いとどまった。

カリスの唇が震え、胸の痛くなるような笑みが浮かんだ。「あまり人に話すことじゃないけど」

「だが、ぼくには話してくれたんだろう？　前に一緒に暮らしていたときには？」

「ええ……あなたは知っていた。もちろん知っていたわ」

もちろん知っていた……。二人は情熱だけでなく秘密まで共有するほど親密な間柄だったのだ。アレッサンドロはぽっかりと口を開けた深い淵《ふち》へと足を踏みだすような感覚を抱いた。彼の記憶喪失は二人から多くのものを奪ったのだ。

アレッサンドロは大きく息を吸い、カリスが打ち明けたことを理解しようとした。

「けれど、きみは国際ニュースの記事を読んでいる」これは軽い読み物ではない。

カリスがすばやく立ちあがった。目には青い炎が燃えている。「読むのが遅いからといって、ばかだということじゃないわ」

せめてこれだけは覚えておいてほしかった、とカリスは思った。

「興味があるから、世界のニュースを読んでいるの。今日みたいな日は、ほかの人より時間がかかるだけ。わかる？」

「わかる」

カリスがまた体に腕をまわした。アレッサンドロは契約書の署名を無理強いしたことを思い出し、自責の念を覚えた。

「すまない」カリスが腕をさすっているのを見ながら、アレッサンドロはつぶやいた。

「ぼくはそんなつもりでは――」

「わたしがばかだと言うつもりはなかった?」カリスの口もとに苦々しげな笑みが浮かんだ。

「もちろんだ。誰も思わない」識字障害の知り合いはいないが、それでもわかった。

カリスはうつろな笑い声をあげた。「あなたは思わない?」

「カリス」アレッサンドロはカリスの肩をつかんだ。「話してくれ」カリスの緊張をほぐすように肩をマッサージしながら言った。彼女が苦痛を覚えていると、彼も落ち着かなくなった。

「うまく読めないと、みんなわたしのことを頭が鈍いと思ったわ。みんなよ。わたしはいつもクラスで最下位だった。高校に入って先生が問題に気づきかけても、みんなはわたしが知恵遅れだと思っているほうが楽だった」

アレッサンドロは眉をひそめた。「子どもは残酷なものだ」

カリスは肩をすくめた。「子どもだけじゃない。わたしの父は大学の教授で、母は事業を営んでいる。兄や姉たちはそれぞれ大学教育を受けて成功を収めている。みんな、わたしに合わせるのが難しいと思っていた。わたしは期待にそえなかった」

「きみに合わせる?」アレッサンドロの口もとがこわばった。「家族はきみを励まし、面倒を見ないといけないのに」

カリスは首を振った。「みんなそれぞれの生活に没頭していたかったの」

大事な支援をほとんど受けなかったのだろうとアレッサンドロは思った。突然、二人には多くの共通点があることに気づいた。二人とも幼いころから自分の面倒を自分で見なければならなかったのだ。

「ようやくホテル経営の学位を取ろうと決めたときも、家族は二流の仕事としか見てくれなかった」

「カリス」アレッサンドロはカリスを引き寄せ、彼女の頭を肩に押し当てた。これまでカリスに腹を立て、信用していなかった。だが必死で苦痛を隠そうとする彼女を見ていると、なんとかしなければと思った。カリスの苦痛は彼の苦痛だった。鋭い刃物のようにアレッサンドロを切りつけた。これほど人に同情したことはなかったし、守りたいと思ったこともなかった。

アレッサンドロが無意識のうちにカリスを揺らしていると、彼女のこわばった体に次々と震えが押し寄せるのがわかった。

「きみは二流なんかじゃないよ、カリス。きみはすばらしい母親だ。それにすばらしい仕事もした」

そのことはメルボルンで調べてわかっていた。

「識字障害があっても、きみはサービス業の勉強をやってのけた」アレッサンドロには想像もつかないことだった。「きみは特別な女性だ、ぼくの宝物《テゾーロ・ミーオ》。このことを忘れるな」

アレッサンドロはゆっくりとカリスの背中を撫《な》でた。すると、しだいに彼女の緊張が解けていった。しかしカリスを放したくなかった。慰めたかった。優しさと後悔の念がこみあげてきた。

あまりにも簡単にカリスを誤解したことに、アレッサンドロはたじろいだ。もしこのまま誤解していたら、彼女をまったく違った人間だと思っていたかもしれない。

結婚式の夜に彼女が発した問いがはっきりと脳裏によみがえった。

〝あなたがわたしを裏切らなかったと信じるわ、アレッサンドロ。わたしがあなたを裏切らなかったと信じるのはそんなにも難しいことなの？〟

# 13

アレッサンドロは枕《まくら》の上に広がったカリスのシルクのような髪に鼻をこすり、花の香りを吸いこんだ。髪を指に巻きつけ、先端で彼女の胸のふくらみをかすった。

カリスは身を震わせた。愛し合ったあとで疲れ果てていても、彼に反応してしまう。アレッサンドロも同じだった。まるでカリスが彼の血や骨の中に溶けこんだようだった。

それでも充分ではなかった。「ぼくたちのことを話してくれ」とうとうアレッサンドロは長いあいだ彼を苦しめていた欲求と向き合った。「以前、ぼくたちは一緒に何をした？それはどんなふうだった？」

「本当に知りたいの？」

アレッサンドロはうなずいた。過去を知ることは現在を理解する助けになる。

カリスの大きい目が隠された罠《わな》を探そうとするように彼の顔を見つめた。「夏の嵐《あらし》のようだったわ。いきなり雷に打たれたみたいだった」

「セックスのことを言っているのか？」彼女の言葉は骨の髄まで溶けるほどの激しさを言

い当てている。だがカリスの失望した顔を見て、アレッサンドロは間違ったことがわかった。

「いいえ」カリスはシーツを引きあげ、彼の手を払いのけた。

「話してくれ。ぼくたちは何をした？」

カリスは肩をすくめた。「何もかも。あなたはスキーやスノー・ボードを教えてくれた。登山やハイキングにも行った。わたしはオーストラリア風のロースト・ラムやメレンゲ・ケーキを作り、あなたはイタリアのワインや歴史を教えてくれた」カリスの悲しげな声にアレッサンドロは胸が痛んだ。

だが、それ以上に困惑した。登山やハイキングに彼女を連れていった？　世界が回転しはじめ、アレッサンドロはカリスの腰に手をまわした。

「アレッサンドロ？　どうしたの？　思い出したの？」

アレッサンドロは首を振った。「いや、思い出さない」ぶっきらぼうに言った。記憶が戻らないかもしれないと思うと、平静でいられなかった。

しかし、彼はそのことにショックを受けたのではなかった。

登山やハイキングは、ストレスの多い仕事から離れることができる数少ない時間だった。山は男友達とだけ登る。ハイキングはひとりで出かける。貴重なプライベートの時間を女性と過ごしていたという事実に驚いた。

「一緒にハイキングに行ったのか？」アレッサンドロの声がかすれた。

カリスはうなずいた。「すばらしかったわ。田舎は本当に美しかった。夕方になると一緒に座り、次の週はどこに行こうかと話し合ったの」

「本当か？」まったく覚えがなかった。だが、そのとおりだろう、とアレッサンドロは思った。何ひとつ覚えていないのに、どうしてそう思うのか、我ながら不思議だった。

「信じないのね」カリスは離れ、ベッドのヘッドボードにもたれた。

アレッサンドロは彼女の顔を両手で包んだ。「信じているよ、カリス」いったん言葉を切る。「レオのことを話してくれ。生まれたとき、どんなふうだった？　レオが利口なことは初めからわかっていたのか？」

息子の笑い声はアレッサンドロに喜びを与えてくれた。だが彼の心の中の何かを動かしたのは、ほほ笑みながらレオを抱きあげている妻の姿だった。レオがフェリーの窓の外を見ることができるように抱きあげている。

アレッサンドロはゆっくりと息を吐きだした。

彼が他人との間に築いた壁がこの数週間で崩れだしていた。レオとカリスに対するきずなが日ごとに強くなっている。

フェリーは静かに湖を進んでいるのに、アレッサンドロの体は後ろへと揺らいだ。

彼は両親から無条件の愛情を見せてもらったことはないが、親と子の本来のきずなについては知っていた。それでも、子どもの愛し方について学ばなければならないことはわかっていた。ただこれほど簡単だとは思ってもいなかった。

レオは窓を指し、カリスとブルーノに何かしゃべっている。アレッサンドロの胸に温かいものが広がった。

ぼくの息子。

視線をカリスに移し、優しいほほ笑みを見た。カリスは彼に大きな影響を与えた。

これまでの経験から、女性に心を差しだす男は愚か者だと思っていた。ところがこの数週間、カリスと一緒にいるとアレッサンドロは気持ちが安らぐようになった。女性と一緒にいてこれほどくつろいだことはなかった。

今日はリムジンやランボルギーニといった金持ちの男の〝おもちゃ〟を使わずに、湖の周辺の観光といった〝普通〟のことをしたいというカリスの意見を受け入れた。カリスを見ていると、彼女が利己心から男を裏切るとは思えなかった。

カリスを信頼し、好意をいだいていた。欲望を覚えるだけではない。

カリスが金に無関心なのは本当だ。華やかなミラノの一流のレストランより、湖のほとりでピクニックを楽しむほうが好きなのだ。いまでは銀行の口座からお金を使っているが、たいていはレオのおもちゃや本を買うためだった。

結婚前の取り決めなど必要なかった。何をもってしてもカリスを息子から引き離すことなどできない。

ほかにも気づいたことはたくさんある。

彼女の不屈の精神は、彼の傷と同じくらい古くて深い傷を克服した。識字障害と、自分には人並みの能力はないという思いこみも乗り越えた。

カリスには知性と、静かな威厳もある。

カリスは男性が誇りに思える妻だった。公の場では、温かくて寛大な心でアレッサンドロの傍らに控えていた。リヴィアはマッターニ伯爵夫人の責任を果たしたけれど、〝普通の人々〟に対しては不寛容だった。

カリスが船室を横切りながら体を伸ばすと、サンドレスが胸のふくらみの上でぴんと張った。

けさ、二人がゆったりと愛し合ったことをアレッサンドロは思い出した。

平らな腹部に視線を下げると、胸騒ぎを覚えた。いま、カリスのおなかの中には自分たちの子どもがいるかもしれないのだ。カリスのおなかが大きくなっていくところが見られると思うと、アレッサンドロは強い満足感を覚えた。

「伯爵《シニョール・コンテ》」

アレッサンドロは我に返り、目の前の白髪まじりの女性を見た。

カリスはアレッサンドロを捜した。彼はさほど離れていないところで、頭を下げて太った女性の話を聞いていた。彼の真剣な様子にカリスの背筋が震えた。

なんとなく見覚えのある女性だ。

「ブルーノ、レオを抱いてもらえる?」カリスはブルーノにレオを預け、アレッサンドロのほうを向いた。女性は身を乗りだし、彼の手をつかんでいる。

物乞《ものご》い? いや、違う。女性が首をかしげたとき、ようやく気がついた。ロジーナだ。アレッサンドロが自分の家に住んでいたときの家政婦だ。

ロジーナはとても親切で心の温かい人だった。カリスがアレッサンドロとの関係が壊れるのを感じたとき、お茶と果物を出して慰めてくれた。

カリスはロジーナに挨拶《あいさつ》をしたくて座席の間を通っていったが、何よりアレッサンドロのこわばった表情が気がかりだった。

通路まで来たとき、ロジーナの姿はなく、フェリーは埠頭《ふとう》に到着した。乗客は下船のために立ちあがった。

アレッサンドロはその場に釘《くぎ》づけになっていた。カリスは不安のあまり、心臓が飛びだしそうだった。

彼のことを心配したくなかったが、いつの間にか彼はカリスの心に忍びこんでいた。もうアレッサンドロを愛していないふりを続けることはできない。

カリスはこみあげてくる不安をのみこんだ。「アレッサンドロ？」

アレッサンドロは振り向いたが、カリスが見えていないようだった。しかしすぐに目をしばたたかせ、カリスを引き寄せて、ドアへ押し寄せる人たちから離れた。

「レオはブルーノと一緒か？」いつもと同じ口調だが、彼はどこか違ったふうに見えた。

「どうしたの、アレッサンドロ？」

アレッサンドロはカリスと目を合わせ、すぐに乗客たちのほうに視線を向けた。「おいで」カリスに腕をまわし、ドアへと進む。「大丈夫だ。レオとブルーノも降りている」

大丈夫ではなかった。アレッサンドロは口をすぼめ、眉間《みけん》にしわを寄せている。だが、カリスが答えを得たのは家に帰ってからだった。アレッサンドロは眠そうなレオを乳母に預け、それから湖に沿った私道へと歩いた。何かに気を取られ、妻の歩調に合わせることも忘れている。

「アレッサンドロ？」カリスは幽霊でも見たような彼の様子が心配だった。「どうしたの？　ロジーナは何を言ったの？」

アレッサンドロは振り返った。「彼女のことを覚えているのか？」

「もちろんよ。親切にしてもらったわ。いまもあなたの家で働いているの？」

アレッサンドロは首を横に振った。「ぼくが入院している間に、家は閉められてしまった。彼女は娘さんの家の近くに引っ越したそうだ。ぼくは退院したあと、家族の家に住んだんだ」

彼の声にあるのは悲しみだろうか？　彼の家は持ち主に似て、ユニークで魅力的だった。

あの家が恋しいのかしら？

「彼女は何か言っていたわ」何か大事なことを。

アレッサンドロは肩をすくめ、先を歩いた。

「すっかり回復したぼくに会えてよかった、ぼくたちに会えてよかった、と言った」

「わたしを覚えていたの？」

アレッサンドロはうなずいた。

「ほかには？」もっと言ったはずだ。

「結婚を喜んでくれた。新聞で読んで知っていた」

「それから？」アレッサンドロははぐらかしている。

突然、彼は足を止め、振り返った。「きみが出ていった日、彼女は家にいたんだ」

アレッサンドロがわたしに出ていけと言った日。ステファーノ・マンツォーニに抵抗して服が乱れたわたしを見た日。そしてわたしがマンツォーニに抵抗したのではなく、彼といちゃついていたという結論に飛びついた日。

忘れようとしていた記憶がよみがえり、カリスは湖のそばの手すりに手を伸ばした。

「そうだったのね」

「いや、きみはわかっていない」カリスは彼の口調に振り返った。「彼女が言うには、きみが出ていったあと、ぼくは平静でいられなかった」

カリスは驚かなかった。表にこそ出していなかったが、アレッサンドロは猛烈に腹を立てていた。出ていけと言ったときも、彼が愛してくれているのではないかという最後の望みを打ち砕くような口調だった。

「二十分後、ぼくは車に向かって走った。きみを連れ戻しに行くと言って」

カリスは息をのんだ。

アレッサンドロがわたしのあとを追ったの？　わたしに戻ってほしかったの？

カリスの目は痛いほど大きく見開かれた。彼は自分の非難が根拠のないものだと気づいたの？

彼が追いかけてくれた、間違いに気づいてくれた――そう思うと、カリスは全身が熱くなった。

「でも、あなたは駅には来なかった」

「そうだ」アレッサンドロは鋭い視線をカリスに向けた。「事故にあった。スピードを出しすぎて」

驚いてカリスはアレッサンドロを見たが、彼は目を閉じていた。高揚感が自責の念に取って代わられた。ショックのあまり、手すりに倒れかかった。

「カリス！」力強い腕がカリスを彼の胸に引き寄せた。

彼はわたしを責めているのだろうか？

カリスは自分を責めた。事故のことを知ったときの恐怖がよみがえる。だが、いまはそれ以上の恐怖を覚えた。

アレッサンドロは足を広げ、カリスをさらに胸に引き寄せた。カリスの顔が真っ青になるのを見て、恐怖を覚えた。ショックのせいだと思ったが、それでも不安は消えなかった。

大丈夫だ、と自分に言い聞かせた。

大丈夫だと？　世界がひっくり返ってしまったのに！

〝お二人はとても愛し合っておられました。もちろん、あなたはカリスを連れ戻しに行かれたのです〟

ロジーナの言葉が頭の中で鳴り響いた。

そんなはずはない！　彼女は間違っている。

だが、ロジーナの言葉は繰り返し鳴り響く。二人が親密な関係だったことにショックを受けた。

愛？　情熱的な愛？

いままでと同じように否定しようとした。だが、カリスが呼び起こした感情は心の奥深くにとどまり、動こうとはしなかった。

大事なことはぼくがカリスのあとを追ったことだ。カリスを誤解していたことに気づいたにせよ、彼女の行動を気にしないことに決めたにせよ、カリスを連れ戻さないといけないと思ったのだ。

いずれにしても、カリスのせいで感情的になり、まともに考えることができなかったのだ。いまも頭が混乱し、さまざまなことを感じている。彼女のさわやかなシナモンのにおいに気が散ってしまう。

アレッサンドロはカリスの不貞に関する具体的な事実について考えた。

あの日、家に帰ったら、彼が一度も信頼したことのないステファーノ・マンツォーニが乱暴な運転で私道を走り去っていくところだった。家にいたカリスは、ブラウスのボタンが取れ、髪は乱れ、首にはキスマークをつけていた。町でマンツォーニに会い、車で家まで送ってもらったという。アレッサンドロが怒ると、カリスはカルロッタとの関係について彼を責めた。

ほかに思い出していないことがあるだろうか？　カリスが彼とカルロッタとの結婚を信じていたように、ぼくの非難も間違っていたのだろうか？

それはありえない。だがあまりにも性急に結論に飛びついたのかもしれない。

カリスの本当の目的がぼくの金だとわかるのを待っていたのだろうか？　母が父を捨てたように、カリスがぼくより裕福な男に走るのを。

アレッサンドロはゆっくりと息を吸い、カリスを強く抱き締めた。

これまで避けてきた真実としぶしぶ向き合った。

そう、これからも過去の一部を思い出すことはできないだろう。カリスの行為については、証拠になるほどの記憶がよみがえることもない。あの場にいた家政婦とカリスの言葉しかないのだ。

ぼくは論理立てて考えることができる。

何より直観力を持っている。

それで、何がわかった？


カリスはアレッサンドロの安定した力強い鼓動を感じていた。カリスを溶かしてしまいそうな抱擁だが、苦痛は消えない。

「ごめんなさい」カリスはつぶやいた。彼を放さないというようにシャツをつかんでいる。

「なんだって？」アレッサンドロはカリスの声がくぐもらないよう、わずかに後ろに下がった。

「ごめんなさい」ようやくカリスは顔を上げた。「わたしのせいであなたは事故を起こしてしまったのね」彼が昏睡《こんすい》状態に落ちたことを思うと、いまでも喉が麻痺《まひ》するようだ。

「自分を責めているのか？」

「あなたは違うの？」あの日、雨が降りつづいていた。だから車で送るという申し出を受けてしまった。その前日の夜、アレッサンドロがカルロッタといるところを見た。その夜、彼は家に戻ってこなかった。彼を待つことに疲れてしまった。そしてステファーノの手中に落ちたのだ。

リヴィアのもっともらしい嘘《うそ》を信じさえしなければ。

「ぼくは責めてはいない。ばかばかしい」アレッサンドロの目が光を放った。「どうしてきみを責めるんだ？　ぼくがスピードを出し、反対車線を走っていた運転手がぶつかってきた。きみには関係ない」

彼はじっとカリスを見つめた。

「きみが気にすることはない、ぼくの宝物《テゾーロ・ミーオ》」

アレッサンドロはカリスの顎にそっと手を当てた。カリスは彼の優しさに心臓がよじれそうだった。ずっと以前の彼のまなざしと口調を思い出す。

「カリス」アレッサンドロは頭を下げ、唇を重ねた。「かわいいカリス」

熱く優しいキスがカリスの頬や額や鼻を覆った。心臓が飛びだしそうだった。ベッドに誘うキスではない。感情の伴ったキス、カリスが長いあいだかけて育《はぐく》んだキスだった。

「許してくれるかい、カリス？」

夫の顔を見たカリスは息が止まりそうだった。

「何を言っているの？」

アレッサンドロはすぐには口を開かなかった。勇気をかき集めているように見えた。

「つらい思いをさせたね」

彼の優しい声にカリスの緊張が解けていった。

「ぼくが追いだしてしまったから、妊娠と出産の間きみはひとりだった。ぼくたちの息子をひとりで育てた」彼は苦痛を覚えたように目を閉じた。

カリスは手を伸ばし、夫の震える肩を撫《な》でた。

「切り抜けたわ」

「ぼくは自分の過ちから、きみとレオを失ってしまった」アレッサンドロは口もとに苦笑を浮かべ、目を開けた。「きみを行かせるのではなかった。疑うべきではなかった」

「えっ！」思わぬ言葉にカリスは言葉が出てこなかった。彼の顔に後悔の念が浮かんでいる。

アレッサンドロの大きな手がカリスの顔を包んだ。その優しい感触に胸が震える。

「責められるべきはぼくだ」

アレッサンドロの目には後悔と自責の念と苦痛と、そして希望が浮かんでいる。彼が心の奥深くにあった感情を表したことにカリスは感動した。

「あなたにはわかるはずがなかったもの」カリスはためらいがちに言った。「わたしはあなたが結婚するというリヴィアの話を信じてしまった」

アレッサンドロは首を横に振った。「きみのほうこそ、リヴィアのもくろみを知るはずもなかった。やはり責められるべきは、結論に飛びついてしまったぼくだ」

カリスの鼓動が速くなった。「ロジーナから聞いたの？　ステファーノ・マンツォーニとわたしの間には何もなかったって？」

また彼は首を横に振った。「いや」

「でも……」

「どうやって知ったか？」アレッサンドロは自分を卑下するような笑みを浮かべた。そしてカリスの手を取ると、肩から心臓へと滑らせ、腹部で押さえつけた。「ここで感じるんだ。直感と言ってもいい」肩をすくめる。「きみはぼくが考えているような女性ではないと第六感が言いつづけていたのに、ぼくは無視した」

緑色に光る彼の目がカリスの最後の防御を崩した。

「二年前、ぼくは窮地に陥っていた会社を救うことにかかりきりだった。少なくとも、これは覚えている。それに女性はみんな不誠実だと思っていたことも。たぶん、ぼくはきみがへまをし、女性に対するぼくの見方が正しいことが証明されるのを待っていたんだ」

カリスは彼がありもしない不貞という結論に飛びついたことを思い出した。「わからないわ」

アレッサンドロは長いあいだ黙っていた。やがて肩をすくめた。

「ぼくは長年の間、富と名声を求める女性たちの的になっていた」

カリスはじっと彼を見つめた。アレッサンドロは女性たちが物欲のために彼に身を投げだしたと思っているのだろうか？　セクシーで男らしい自分の魅力がわからないのかしら？　カリスはひと目で彼に夢中になったが、彼の富や地位については何も知らなかった。

「子どものころ……」アレッサンドロは言葉を切った。「ぼくが五歳のとき、母は家を出た。父を捨て、父よりも金持ちで名声もある男と結婚した。以来、二度と母には会っていない」

「お父さまが会わせようとしなかったの？」夫婦仲がどうであれ、息子を母親から引き離すのはひどい。

アレッサンドロは鼻を鳴らした。「母はぼくに関心がなかった。最初から乳母に押しつけた。だから母が出ていっても、さほどショックではなかった」

アレッサンドロは引きつった笑みを浮かべたが、カリスには嘘だとわかった。彼の古い傷を思うと、胃がよじれそうだった。母親に望まれていないというのは、どんなにつらいだろう。

「それからは次々と乳母が変わった。大半はぼくの世話をするより、称号を持った男性を誘惑するほうに興味があった。それでぼくは誰も信頼できないことを学んだ」

カリスは彼の積年の苦痛と不信を和らげてあげたかった。彼がまだ母親を失った子どもだとでもいうように腕に抱いて。

「だがそんなのは言い訳にはならない」

アレッサンドロはカリスの手首にキスをした。それから手のひらにもキスをした。カリスは全身が熱くなった。

熱を帯びた彼の目がカリスをとらえた。「カリス、ぼくは二人の間に起こったことを思い出せない。けれど結論に飛びつき、早まった行動をとったことはわかる」

カリスの脈が跳ねた。

「きみと数カ月暮らし、誤解していたことに気がついた。あんなふうに二人の関係を終わらせるべきではなかった」

アレッサンドロの温かいまなざしにカリスの胸は爆発しそうだった。「サンドロ！」かつて彼をそう呼んでいた。長いあいだ胸にしまっていた名前だ。「サンドロ、わたしは――」

アレッサンドロはカリスの口に人差し指を当てた。「ぼくから言わせてくれ、カリス」

アレッサンドロは深く息を吸った。

彼が真剣だとわかり、カリスは心臓が止まりそうだった。心に秘めていた願いがかなうのだろうか?

「女性にこんな気持ちをいだくとは思っていなかった。きみは正直で、率直で、思いやりがある」アレッサンドロがほほ笑んだ。「それに一緒にいて楽しい。そうだろう?」

カリスはゆっくりとうなずいた。興奮と愛情と欲望がまざって燃えだす。彼女は自分の唇にあてがわれていた彼の手を取って握り締めた。長いあいだ待ち焦がれていた言葉を彼に言ってほしかった。

きみを愛している、と。

アレッサンドロが彼女を引き寄せた。

「きみを信頼している、カリス」

# 14

「聞いているの、カリス?」カルロッタは首をかしげた。

「もちろんよ」カリスはなんとか笑みを浮かべた。

わたしは変えようのないことを期待しすぎている。アレッサンドロとの生活は申し分ない。それ以上だ。彼はレオにとってはすばらしい父親だし、ベッドの相手としても飛び抜けている。彼の手や唇を思い出すだけで、脈が速くなる。優しくて、思いやりもある。それに〝信頼〟してくれている。その言葉を聞いたときの失望がよみがえり、カリスは口もとをゆがめた。

アレッサンドロが愛を知らないのは、彼のせいではない。いつの日かわたしも満足するようになるだろう。少なくともいまの状態には感謝している。

「ええ、家庭教師はすばらしいわ。あなたの言うとおりにしてよかった」ここに住むなら、イタリア語を習得しないといけない。そう思い、カルロッタと二人きりになると、カリスはいつもイタリア語で話した。「上達したと思わない?」

「驚異的よ」カルロッタはほほ笑んだ。「語彙《ごい》はこれからだけれど、発音はすばらしいわ。家に大勢招待しはじめたら、あなたは人気者になるわ。かすかな外国なまりがかわいいから」

「そう？」カリスはカルロッタが昼食のために選んだ高級ホテルを見まわした。新しい服を買い、アレッサンドロの生活に合わせようとしても、ときどき不安に駆られることがある。

二人で出かけたり、友人と食事をしたりすることもあったが、夫が招待の多くを断っていることは明らかだ。わたしが対処できないと思っているのだろう。

「知っているのよ、カリス。うわさによると、若い伯爵夫人はチャーミングで、さわやかで、装いもすてきだということよ」カルロッタは声に出して笑った。

カリスは笑みを浮かべた。「あなたのおかげよ」

「謙遜《けんそん》しないで。ところで、慈善昼食会のスピーチはどうするの？　考えている？」

カリスはうなずいた。「少しは」本当のところ、昼食会のことを聞いてからというもの、ほかのことは考えられなかった。毎年、マッターニ家の舞踊場でマッターニ伯爵夫人が慈善昼食会を開いている。収益は、マッターニ・エンタープライズからの寄付と合わせて、慈善団体に送られる。アレッサンドロの祖母の時代から続く伝統で、いまではイタリアの社交界の一大行事になっていた。

その昼食会で、この国の大勢の有名人や資産家の前でスピーチをすると思うと、カリスは身の細る思いがした。「あなたも来てくれるでしょう？」

「もちろんよ。それに、あなたの隣にはアレッサンドロもいるわ」

アレッサンドロからはまだ話を聞いていなかった。昼食会のことはカルロッタから聞き、家政婦から日程の確認があった。今夜こそアレッサンドロに詳しい話を聞こう。

カルロッタが勘定の合図をした。「申し訳ないけれど、失礼するわ。お客さまと会わなければいけないの」

「だったら、わたしが払っておくわ」

「本当？」

「ええ。わたしはもう少しここにいるから」カリスは少し吐き気がしていた。最近ときどきある。

「じゃあ《チャオ》、また《ベッラ》」カルロッタはカリスの両頬にキスをした。「パリから戻ったら、電話するわね」

カリスはさよならを言い、椅子にもたれた。幸い吐き気はおさまり、彼女は勘定をすませ、水を飲んだ。

レオを妊娠したときもこんなふうだった。子どもができたの？　レオの妹か弟が。もう一度子育てができる。今度は最初からアレッサンドロがそばにいる。彼は喜ぶかしら？

やがてカリスは椅子を後ろに押しやり、ドアへと向かった。ところが、身なりのいい年配の女性の一団にでくわし、たじろいだ。

ふと聞き慣れた声がした。長身の上品な女性が通り道をふさいでいる。

「こうなると思っていましたわ。かわいそうなアレッサンドロ。ほかにどうしようもないでしょう？　あの人は彼の子どもの母親だから。でも、いまアレッサンドロは困っているの」

また吐き気を催し、カリスは壁に手を置いた。リヴィアの悪意のこもった言葉にその場から動けなくなった。

「彼女は教養も品もないし、作法も知らないのよ。どうやって伯爵夫人の責任を果たすつもりかしら。幸い、慈善昼食会の日はわたしがいるからいいけれど」リヴィアはかぶりを振った。「女主人役《ホステス》を務めるようにアレッサンドロに頼まれたわ。ぜひにって。マッターニの名に泥を塗るわけにはいかないもの」

これ以上黙って聞いていることができなくなり、カリスはようやく手を壁から離した。

「一族の名が大事だと言いながら、それを汚すようなことをおっしゃるなんて驚きだわ」なんとか冷静な口調で言えた。明瞭《めいりよう》な発音はイタリア語の家庭教師も自慢に思ってくれることだろう。

くすんだ青色のシルクのスーツにハイヒールを履いたカリスは背筋をぴんと伸ばして立

った。いまのわたしは上品で洗練されていて、いかにも伯爵夫人らしく見える、と自分に言い聞かせて。

リヴィアが振り返った。顔が紅潮している。

カリスはアレッサンドロとの仲を壊そうとした女性を見あげた。みごとな装いの下に貪《どん》欲《よく》さと欲求不満が見える。

「何か不満を抱えているのかと思われますよ」カリスが穏やかに忠告すると、まわりにいた女性たちがいっせいに息を吸う音が聞こえた。「アレッサンドロの妻があなたに取って代わったから不機嫌になっているとか」いったん言葉を切って続ける。「それも若い女性に代わられて」

リヴィアの目が大きく見開かれ、女性たちの間から押し殺したような笑い声があがった。

カリスはリヴィアの嘘《うそ》を暴きたかったが、思いとどまった。口もとになんとか笑みを浮かべる。「でもそんなこと、ばかげていますよね？」

リヴィアは口を開けたが、すぐに閉じてうなずいた。

「慈善昼食会については」カリスは続けた。「何か誤解があったみたいですね。しっかりと確かめて、招待状を送るようにします。お友だちの方々も参加してくださるといいのですが」

まわりの女性たちがうなずいた。目の前のリヴィアが急に小さくなったように見える。

「もう行かないと。でも、近いうちにお食事に来ていただくようにアレッサンドロに話しておきます。さようなら、リヴィア《チャオ》」

リムジンの後部座席でひとりになるや、自制心が砕け散った。体が震え、肌はじっとりと冷たかった。

〝ホステス役を務めるようにアレッサンドロに頼まれたわ……〟

いいえ、わたしは信じない。アレッサンドロがそんなことを頼むわけがない。リヴィアは何を言うかわからない。震えがおさまったら、彼に電話をして確かめよう。

アレッサンドロはわたしを信頼すると言った。とはいえ、信頼にもいろいろある。わたしの言うことは信頼するかもしれないが、わたしが大物実業家の妻としてふさわしいとは思っていないのかもしれない。けれど、彼を責めることはできない。

わたしは彼とは違う世界で育った。彼の世界のやり方を知らない。それに彼はわたしの識字障害がほかの能力にも影響を与えていると思っているかもしれない。

また吐き気に襲われ、カリスは体を丸めた。胸に巣くう疑念を追い払おうとした。ようやく体を起こし、窓の外に目をやる。吐き気もおさまった。

カリスは顎をぐいと上げた。わたしはここにとどまる。アレッサンドロ・マッターニの妻であり、どんなことにも対処できるところをみんなにも自分にも証明しないといけない。レオのためにもそうする義務がある。

彼女はおなかを撫《な》でた。ここで家族を育てるつもりなら、若いときのように隠れているなどできない。二度とあんな思いはしない。二流の人間に甘んじるのはうんざりだ。ハンドバッグから携帯電話を取りだし、カリスはアレッサンドロのオフィスにかけた。不安を無視し、〝信頼している〟と言った夫の言葉を思い返しながら。

車から降りるなり、アレッサンドロは正面玄関の階段を飛ぶように駆けあがった。彼が着く前にドアが静かに開く。

「妻はどこだ？」

パウロが一歩下がって主人を迎え入れた。「奥さまはまだプールにいらっしゃると思います。レオ坊っちゃまは泳いだあと、昼寝をされています」

「よし」話は二人きりでしたほうがいい。アレッサンドロはフィットネス用の建物へと向かった。気が急《せ》いてしかたがない。

アレッサンドロが家に向かっていたとき、新しい助手から電話があり、伯爵夫人が慈善昼食会の件で電話をしてきたと告げた。助手が調べたところ、臨時の秘書がリヴィアを主催者に決めていたという。もう義母には一族や会社の代表を務めさせないと指示を出していたにもかかわらず。

廊下を歩いている間、アレッサンドロの頭の中では助手の声がこだましていた。

〝いいえ、伝言は残されていませんし、何もおっしゃいませんでした。昼食会についてお伝えしたら、電話を切られました〟

アレッサンドロは悪い予感がした。カリスがときどき自信をなくすことを知っていた。だから社交界への紹介にも時間をかけた。カリスの古い傷はまだ完全には癒《い》えていないのだ。

ドアを開けてプールへと歩きながら、アレッサンドロはジャケットとネクタイを取った。視線はプールで泳ぐ人影へと注がれている。カリスはいつも優雅に泳ぐが、今日にかぎってはクロールのストロークに断固たる決意が表れていた。

カリスはプールの端まで泳ぐと、手のひらをタイルに当てた。疲れすぎてまともなターンができない。胸が激しく上下しているが、苦痛も怒りもおさまっていなかった。

タイルの上に影ができ、両手が伸びてきた。

「さあ、手を貸そう」

カリスは壁を蹴《け》り、離れようとした。だがそれよりも早くアレッサンドロに二の腕をつかまれ、引きあげられた。

まだ夫とは話したくない。気持ちが落ち着くまでは。ただの昼食会よ。騒ぎたてることはない。

とはいえ、カリスはそれ以上のものを感じた。またもわたしは基準に達していないということだ。二年前アレッサンドロがわたしを友人たちに紹介しなかったときのように、いつも両親が関心を示してくれなかったように、いままた二流の人間だと宣告されたのだ。

「ぼくを見るんだ、カリス」

カリスは見た。アレッサンドロは彼女から流れだした水たまりの中に立っていた。ズボンは濡《ぬ》れ、シャツは胸に張りついて、両手をはわせたくなるほどだった。「早かったのね」非難するような口調で言う。いつもは、彼がレオと遊び、夕方には妻とベッドで愛し合える時間に帰ってきたら、大喜びするのに。カリスは唇を噛《か》み、彼の肩の向こうを見やった。すると、アレッサンドロがカリスの顎に指を当て、顔を上向かせた。彼のまなざしには同情が浮かんでいる。カリスは同情など欲しくなかった。もっとほかのものが欲しい。アレッサンドロを愛していないふりをして結婚したが、彼女は心の奥底ではわかっていた。二人の気持ちがどんなに違っていても、彼を愛さずにはいられない、と。

妻の赤い目を見て、アレッサンドロは胸が押しつぶされそうだった。負けん気の強いカリスが泣いている。カリスをつかむ手に力がこもったが、彼女を引き寄せることはできなかった。こわばった顎と冷ややかな目が近寄るなと言っている。

「説明できる――」

「できるでしょうね」カリスは辛辣《しんらつ》な口調で遮った。「わたしが電話をかけたことは聞いたはずよ。リヴィアに代役をさせる件をわたしが知ったことも」

「そうじゃない」アレッサンドロはカリスの肩を優しく撫で、つややかな腕に両手を滑らせた。

「違うの？」カリスは目をそらした。「わたしには伯爵夫人の役割はできない。あなたはそう思っているんでしょう」

「そんなことを言うものじゃない！」アレッサンドロは役割という言葉が嫌いだった。いずれカリスが演技に疲れ、彼のもとを去っていってしまうように聞こえるからだ。

「だから、リヴィアに頼んだのね、ぜひ参加してくれと」

「あれは手違いだったんだ、カリス」

「そうでしょうとも！」カリスは彼の手から逃れようとした。

だが、アレッサンドロは放さなかった。彼女の唇は苦痛に震え、目は怒りに燃えている。カリスを抱き寄せ、慰めたかった。

「わたしはあなたの妻よ、アレッサンドロ。仕事ができないからといって外すことができる社員ではないのよ」言葉が次々とあふれだす。「あなたはわたしに結婚を強いたのよ。わたしにはほかに選択肢はなかった。いまさらお買い得ではなかったと思っても遅すぎるわ」

「やめないか」

彼の痛いところをついたのだ、とカリスは思った。無理やり結婚させたこと、アレッサンドロに対抗するだけの財産など持っていない女性に不当な仕打ちをしたことを、彼はわかっているのだ。

「いいえ、やめないわ！」カリスは背筋を伸ばし、嫌悪とも思える表情を目に浮かべた。不意にアレッサンドロはこれまで経験したことのない恐怖を覚えた。カリスを失うことなどできない。ありえない。

「わたしは都合のいい小道具も同然だわ。従順な妻が必要になると人前に引きだされ、上流階級のお友だちとつき合うときはわきに押しやられるなんて」

「ぼくがそんなことをするはずないだろう！」アレッサンドロはしだいに腹が立ってきた。「きみが適応できるように時間をかけていたんだ。これまでのきみの世界と違うことはわかっている」

カリスは聞いていなかった。彼を押しのけようとするように両手で胸を突いた。アレッサンドロはびくともしなかった。たとえカリスでも彼を追い払うことはできない。

「もう疲れたのよ、二流の人間のように扱われることに。我慢することに疲れたの」

「我慢する？」アレッサンドロは眉を寄せた。「どういうことだ？」

「便宜上の取り決めに我慢することよ。こんなことを続けるのは無理よ」

「便宜上?」アレッサンドロは大きくなりつつあるパニックを抑えようと努めた。「結婚式の夜もきみはそのことでぼくを非難したな? あのとき、きみは間違っていたし、いまもそうだ」また振り出しに戻ってしまった。なぜカリスにはぼくたちの結婚が大事だということがわからないんだ? 「ぼくにとってこれが便宜上の結婚と思っているのか?」

青い目はまばたきひとつしなかった。「あなたは欲しいものを手に入れた。でも、わたしには充分ではないの。わたしは――」

アレッサンドロはカリスの離婚の要求など聞きたくなかった。これほど感情的になったためしはなかった。鉄壁の自制心は粉々に砕け散った。

「これが便宜上だと思うのか、カリス?」アレッサンドロは頭を下げ、唇を重ねた。野蛮と言ってもいいほどの激しいキスだった。

カリスはぼくのものだ。絶対に。カリスを抱き、キスをすることほど正しいと感じたことはない。彼はカリスを引き寄せ、何ものも二人を引き裂くことはできないと言わんばかりに強く抱き締めた。

カリスの鼓動を感じ、彼女の唇がさらに激しいキスを返してくると、アレッサンドロの確信は強くなった。「それともこれは?」

アレッサンドロが彼女の鎖骨から耳へと舌をはわせると、カリスは喜びに震えた。

「ぼくがきみに感じているものは便宜上のものなんかではない」アレッサンドロは体を引

き、カリスと目を合わせた。「愛する女性をあきらめたりはしない。聞いているか？　離婚の話はなしだ。きみを手放したりしない」

アレッサンドロは片方の腕を彼女のヒップにまわし、もう一方で上半身を支えながら、抱きあげるようにしてキスをした。カリスの濡れた体とひとつになろうとするかのように。

「サンドロ？」

「だめだ」結婚から自由になりたいというカリスの言葉など聞きたくない。もう一度キスをしたあと、腕に壁を感じるところまで歩いた。カリスをしっかりと腕に抱き、逃れられないようにして、情熱の力で彼女の分別を奪おうとした。

カリスはいままでのように激しく反応した。いや、それ以上に。彼女を説得できるかもしれない。

「サンドロ」カリスは息継ぎの間に彼の名を呼んだ。

アレッサンドロが再びキスをしようとすると、カリスは彼の唇に指を当てた。

「お願い、サンドロ」

彼女のかすれた声に、アレッサンドロの心臓は恐怖に締めつけられた。これ以上、先延ばしにはできない。彼は体を引き、カリスの顔を見下ろした。しっかりと抱いたまま。

「わたしを愛しているの？」カリスの目には驚きと疑いが浮かんでいた。

心の底から人を信用するなということをアレッサンドロは子どものときに学んだ。だが、もう自分の心を隠すことはできない。「疑っているのか、カリス？」彼はカリスの頬や腫《は》れた唇を撫でた。「パンフレットの写真を見る前からきみを愛していたと思う。ホテルのスイートルームできみを抱いたときには愛していた」喉の塊をのみ下して続ける。「そして、きみがぼくの息子を抱いていたとき……」

そっと優しくキスをしてしぶしぶ体を引くと、カリスが大きく目を開けて彼を見ていた。

「きみに会うまで愛を知らなかった、ぼくの宝物《テゾーロ・ミーオ》。だが、いまは知っている。きみのことを考えるだけで心が温かくなる。きみがいないときも、きみのほほ笑みを思い出すだけで温かくなる。きみを守りたい、これから一生きみを愛していたいと思っている。きみが去っていったら、ぼくは死んでしまう」

アレッサンドロの鼓動が遅くなっていく。

「きみを見つけるまで、ぼくは半分しか生きていなかった。頼む……」彼は心の中をさらけだしても気にならなかった。何より大事なのは、カリスを自分のもとにとどめておくことだ。

「ああ、サンドロ！」

カリスのキスは激しく、ぎこちないほど情熱的だった。アレッサンドロは熱い涙が頬に流れるのを感じた。カリスも泣いていた。

「サンドロ」カリスは彼の頬に唇に顔にキスをした。「とっても愛しているの。ずっと愛していたの。あなたに愛してもらえるとは思っていなかった」

驚きのあまりアレッサンドロは体が震えた。顔を上げると、カリスの目に真実が浮かんでいた。彼女は光り輝いていた。それでも信じられなかった。

「でもきみは出ていきたいと言った」

目に涙を浮かべ、顔に涙のあとをつけたカリスの笑みほど美しいものはなかった。

「いいえ。そんなことできないわ。永遠に」

カリスの言葉がアレッサンドロの心に下りていき、全身に安堵《あんど》が広がった。彼はキスをしようとしてカリスに止められた。

「わたしは永遠にここにいるのよ、サンドロ。本当の責任を伴った本当の結婚でないものを受け入れることはできないと言いたかっただけ。あなたがわたしを恥じていると思うと、伯爵夫人として充分ではないと思うと耐えられなかった」

「そんなことを言うんじゃない、かわいい人《ピッコリーナ》」アレッサンドロは目が同じ高さになるようにカリスを引きあげた。「きみは完璧《かんぺき》な妻だ。あらゆる点でね」

満足そうな声がタイルの壁に響いた。

「昼食会のことは間違いだ。リヴィアには何も頼んでいない。ぼくは――」

カリスの唇が彼の言葉と思考を止めた。カリスはこれ以上ないほどの喜びと優しさをこめてキスをした。アレッサンドロは愛情が体の奥までしみこむのを感じた。カリスを抱き寄せ、お返しのキスをする。

彼女を愛している。命が尽きるその日まで愛するだろう。

やがて二人の体が離れ、カリスがささやいた。

「あとで話して。ずっとあとで」

「だが、きみにわかってもらうことが大事なんだ」

カリスがほほ笑むのを見て、一瞬アレッサンドロの心臓が止まった。

「きっとわかるわ、サンドロ」

アレッサンドロの心臓が再び動きだした。

「でも、あとでいい。これより大事なことなどないもの」カリスは両手で彼の顔を包み、じっと目を見交わした。「アレッサンドロ・レオナルド・ダニエレ・マッターニ、あなたを愛しているわ。二人で一緒に幸せになるのよ」

# 15

「いま一度、みなさまの寛大なお心に感謝いたします」満員の舞踏場を見渡したカリスは、参加者から笑みが返ってくるのを見てほっとした。

昼食会の出席者はカリスと彼女が選んだ慈善団体を熱狂的に受け入れてくれた。

「お食事のあとは、どうぞ外に出て、バザーをお楽しみください」

カリスがうなずくと、フレンチドアにかかっていたカーテンが引かれ、ドアが開いた。午後の風に乗って音楽と子どもたちの笑い声が聞こえてくる。芝生に催し会場が設置され、今日の基金を受ける孤児や障害児が楽しんでいた。

カリスは拍手喝采《かっさい》に応《こた》えながら、小さな演壇から下りた。

カリスのまなざしは舞踏場の後ろにいる長身の人影に絶えず向けられた。彼がうなずき、ほほ笑むと、カリスは昼食会とスピーチの成功を確信した。

彼は妻を誇りに思ってくれている。けれどもカリスの体の芯《しん》まで温めてくれたのは彼の目に浮かぶ愛情だった。

テーブルの間を歩いていくと、知っている人たちや自己紹介をしようとする人たちに呼び止められ、なかなか進めない。アレッサンドロのもとに行くまでに、数えきれないほどの人と握手をし、質問に答えたように感じた。

「生まれながらの伯爵夫人だ」最後のテーブルをあとにしたとき、温かい声が聞こえた。

足を止め、見あげると、賞賛に輝く目と出合った。アレッサンドロはカリスの手を取り、唇に持っていった。カリスの体が震えるのを見た彼は、笑みを浮かべた。

「みんなを笑わせ、おまけに泣かせた」アレッサンドロはつけ加えた。「ぼくたちの募金活動がこれほど熱を帯びたことはなかったよ」

カリスは父親の腰に抱かれているレオに目をやった。幸せそうに目を輝かせている息子を見ると、胸がいっぱいになり、三人の強いきずなを感じた。

カリスは肩をすくめた。「子どもがいる人が多いからでしょう。みなさん、孤児や障害児の人生が少しでも楽になるように手助けがしたいのよ」

アレッサンドロは空いているほうの腕で妻を抱き寄せた。カリスは夫の力強い腕に喜んで抱かれた。ようやく我が家に戻ってきた気がした。

「きみがホテルをやめて業界は宝物を失った」アレッサンドロはささやいた。「しかし、きみを返すつもりはない。きみは完璧《かんぺき》なマッターニ伯爵夫人《ピッコリーナ》になった」満足げに言う。

「ぼくにとっても申し分のない妻だ、かわいい人」彼は顔を寄せた。

「まあ、サンドロったら」カリスは言った。「だめよ！　ここではだめ」

アレッサンドロの返事はキスだった。カリスは体の芯までぞくぞくし、彼にぴたりと寄り添った。

気づいたときには、レオも一緒に抱きついていた。まわりのざわめきがいっそう大きくなり、三人は笑い声と万雷の拍手に包まれた。

アレッサンドロはカリスの頭越しに参加者を見渡し、手を振りながら庭へと妻を導いた。

「お客さまを置き去りにしてはいけないわ」カリスが言った。

「大丈夫」アレッサンドロは抵抗を示す妻を優しく諭した。「今日は地元の子どもたちをもてなす日だよ」

彼はまだ平らなカリスのおなかに視線を落とし、ほほ笑んだ。自分のものだというようなその秘密めかした笑みに、カリスの全身はいまにも溶けてしまいそうだった。

「ぼくたちの子どもにもごちそうしよう。それから週末は山のぼくの家に逃げだそう」アレッサンドロはレオを高々と抱きあげ、穏やかな午後の日差しに満ちた戸外へとカリスを連れだした。

カリスは喜んでついていった。ほかに行きたいところなどどこもない。

●本書は、2010年10月に小社より刊行された作品を文庫化したものです。


記憶の中のきみへ
2024年1月1日発行　第1刷

著　者　アニー・ウエスト

訳　者　柿原日出子（かきはら　ひでこ）

発行人　鈴木幸辰

発行所　株式会社ハーパーコリンズ・ジャパン
東京都千代田区大手町1-5-1
03-6269-2883（営業）
0570-008091（読者サービス係）

印刷・製本　中央精版印刷株式会社

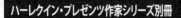